소화 고금소총

편저 김영균

법문 북스

머리말

『고금소총古今笑叢』은 민간에 전해져 내려오는 소화笑話를 모아 놓은 책으로 한국 토속문화의 백미이다. 『고금소총』의 편자編者는 알 수 없다. 그리고 편찬 연대는 대략 조선 시대 후기인 18세기~19세기로 추정되고 있다.

고금소총古今笑叢 육담이란?

태평한화골계전, 어면순, 속어면순, 촌담해이, 명엽지계, 파수록, 어수신화, 진담록, 성수패설, 기문, 교수잡사 등 11종류의 소화집이 한데 묶여 있다. 그 안에는 총 789편의 이야기가 실려 있는데 이 중 약 3분의 1 가량이 육담에 해당한다.

어면순. 속어면순, 촌담해이, 기문 등은 거의 육담으로 채워져 있고, 어수신화, 진담록, 성수패설, 교수잡사에서는 육담이 전체의 3분의 1 내지 2 정도를 차지한다.

반면 태평한화골계전, 파수록, 명엽지해에는 육담이 거의 실려 있지 않다.

『고금소총』은 유교가 지배하던 조선시대 사람들의 탐욕과 어리석음, 추악함을 적나라하게 그리고 있다. 위로는 왕후장상으로 부터 학자, 벼슬아치, 양반, 중인, 무당, 판수, 승려, 기생, 노비에 이르기까지 각양각색의 인물들이 등장해 인간 희극을 연출하고 있는 것이다.

특히 남녀의 육담은 그 양이나 질에 있어서 우리나라 어느 문헌보다 풍부하고 노골적으로 그려져 있다.
『고금소총』이 조선 시대 사람들의 성의식에 대한 노다지 광구임에도 불구하고 일반 독자들에게 잘 알려져 있지 못한 것은 원문이 한문으로 되어 있고, 시중에 나와 있는 책들이 대체로 어렵게 번역되어 있는 탓도 일부 있으며, 『고금소총』원전 자체가 시대적 배경이나 서술 방법의 특성상 현대의 독자들이 읽기에 다소 거북하게 되어 있는 점도 그 원인이라고 생각한다.

열녀는 절개를 지킨다
(能生能死)

【우리 선조들의 해학과 육담 고금소총(古今笑叢)】 • 14

옛날 중국에서 전해지던 이야기 중에 이런 것이 있다.

장주(莊周:옛날 중국의 학자인 장자를 끌어다 붙인 것임)가 멀리 집을 떠나 여행했다가 돌아와 아내에게 말했다.

"내 여행하는 동안 괴이한 일을 보았소."

"무슨 일을 보았는데 그렇게 괴이하다고 하십니까?"

"아, 글쎄 들어 보구려. 길가에 한 무덤이 있었는데, 아름답게 생긴 부인이 그 옆에 앉아 무덤에 부채질을 하고 있었다오. 그래 내가 괴이하게 생각하고 그 까닭을 물어 보았소."

"그래서요? 그 부인이 뭐라고 했습니까?"

"그 대답이 가히 충격적이었소. 즉, 그것은 자기 남편의 무덤인데 죽으면서 유언하기를, 자기가 죽은 후 아내가 재혼하는 것은 무방하지만, 자기 무덤의 풀이 마르고 난 뒤에 하라고 했답디다. 그래서 무덤의 풀이 빨리 마르라고 부채질을 하고 있다는 대답이었소. 참 우습지 않소이까?"

"여보, 그 여자를 꾸짖지 않고 그냥 두셨어요? 남편이 죽고 나서 3년이 지난 뒤 재혼하는 것은 혹시 용인될 수도 있지만, 장례를 치른 지 얼마 되지도 않았는데 부채질까지 해가며 빨리 재혼하려는 것은 음부(淫婦)나 하는 짓이지요. 당장 능지처참을 했어도 마땅한 여자입니다."

"아, 부인! 당신은 그러면 내가 만약 죽었다고 할 때, 3년이 지난 뒤라야 재혼을 하겠구려."

"여보! 그 무슨 말씀입니까? 열녀는 불경이부(烈女不更二夫)인데, 어찌 개가를 한단 말입니까?"

장주와 부인은 이런 대화를 하면서 행복해 했다.

그런데 이날 밤, 장주가 갑자기 병이 들어 잠시 앓다가 그만 죽고 말았다. 부인은 슬퍼서 시체를 부여안고 통곡을 하는데, 이 때 마침 얼굴이 관옥 같이 아름답고 잘생긴 젊은이가 어린 소년 하나를 데리고 청노새를 탄 채 그 앞을 지나갔다. 이에 젊은이는 부인의 통곡 소리를 듣고 까닭을 물었다.

"무슨 일로 이렇게 슬퍼하고 계십니까?"

"남편이 갑자기 세상을 떠나 슬퍼서 애통해 하고 있습니다. 게다가 염습을 도와줄 사람조차 없어 이렇게 울고 있답니다."

"아, 부인! 걱정하지 마십시오. 내가 도와 드리리다."

젊은이는 곧 주머니에서 돈을 꺼내 소년에게 주면서, 옷이며 관곽 등 장례에 필요한 물품을 사오라고 시켰다. 그리고 시신을 잘 염습해 후원에 빈(殯·무덤 만들기 전에 임시로 묻어 두는 것)을 하고 일을 끝마쳤다.

그리고 나서 젊은이는 부인에게 말했다.

"내 아직까지 결혼하지 않아 아내가 없답니다. 이제 부인과 함께 살며 일생을 해로하고 싶은데 어떠신지요?"

이 말을 들은 부인은 젊은이의 우아함을 흠모하여, 그렇게 하겠다고 허락했다. 그리하여 곧 고운 새 옷으로 갈아입고 이부자리를 화려한 것으로 바꾼 다음, 젊은이와 잠자리에 들어 뜨거운 며칠을 꿈처럼 지냈다.

그런데 이 젊은이 또한 갑자기 병들어 심하게 앓는 것이었다. 부인이 어쩔 줄 몰라 당황하고 있으니 따라온 소년이 말했다.

"우리 도련님은 평소 이런 증상을 보이는 병을 가지고 있습니다. 이럴 때는 사람의 해골만이 약이 되는데, 어디서 그 해골을 구하지 못하면 곧 죽게 됩니다."

이에 부인은 한참 동안 생각하다가, 일어나서 도끼를 들고는 후원으로 갔다. 그리고 임시로 묻어둔 남편의 빈을 헤치고 관 뚜껑을 열어 머리를 노출시키는데, 갑자기 그 속에 누워 있던 남편이 벌떡 일어나며 소리쳤다.

"부인! 그 도끼로 무엇을 하려는 게요?"

그러자 놀란 부인은 한동안 말을 못하다가 정신을 가다듬어,

"예, 당신이 갑자기 죽어 여기에 빈을 만드는 중입니다."

라고 말하니, 남편은 부인의 손을 잡고 방으로 들어가는 것이었다. 그런데 앓아누워 있던 젊은이도 소년도 간 곳이 없었다. 곧 남편은 부인을 향해 추궁했다.

"내가 죽었으니 부인은 마땅히 상복을 입고 거적을 깔고 슬퍼해야 하거늘, 이 좋은 이부자리는 무엇이며 왜 그렇게 화려한 옷을 입고 있는 게요?"

"내 슬프고 마음이 급해 미처 옷을 갈아입지 못했답니다."

이에 남편은 웃으면서 이렇게 말했다.

"며칠 전 죽은 것도 나이고, 청노새를 타고 나타난 젊은이도 내가 변장한 것이며, 사람 해골을 먹어야 한다고 한 것도 바로 나라오. 전에 당신은 내 이야기를 듣고 열녀 불경이부라고 하지 않았소. 한데 죽은 남편 해골을 도끼로 자르려는 행동이 어찌 열녀가 할 일이겠소? 오히려 무덤의 풀이 빨리 마르라고 부채질하는 여인이 더 열녀인 듯싶구려."

이에 부인은 입을 다물고 말이 없더라.

웃음 짓는 집안,
한숨짓는 집안

대나무가 울울창창하기로 소문난 대골에는 박씨네와 김씨네 두 집이 살고 있다.

두 집 모두 대밭에서 대나무를 잘라 우산을 만들어 팔고 몇 마지기 안 되지만 대밭 아래 논에는 가뭄에도 물이 마르지 않아 매년 풍작이라 박씨네와 김씨네는 양식 걱정 없이 살아갔다. 가을에는 논에서 난 볏짚이 좋아 그걸로 짚신도 만들어 팔았다.

박씨네와 김씨네는 꿰맞춘 듯이 다 큰 아들이 둘씩이라 매일 아침이면 두 집 모두 한 아들은 우산을 짊어지고, 다른 아들은 짚신을 짊어지고 인근 고을 장날에 맞춰 장터를 찾아갔다.

두 아들을 장에 보낸 김씨 부부는 하루에도 열두어 번 문을 열고 하늘을 쳐다본다. 비가 주르륵주르륵 오는 날이면 "이걸 어쩌나, 우리 작은놈 짚신 보따리 짊어지고 어느 처마 밑에 쪼그려 앉아 있으려나."

비가 오면 짚신 장수는 공치는 날이라 김씨 부부는 걱정이 늘어졌다. 정말 김씨네 작은 아들은 장터에서 짚신을 팔다가 빗방울이 떨어지자 얼른 보따리를 싸가지고 장터 거리 처마 밑에 비 맞은 생쥐처럼 쪼그리고 앉아있었다.

햇살이 쨍쨍한 날이면 김씨네는 또 걱정거리가 생겼다.

"우리 큰놈, 우산 한 짐을 지고 이 땡볕에 땀 흘리며 목이 찢어져라 우산 사라고 소리쳐도 누가 쳐다보기나 하려나."

김씨네 큰아들은 그의 부모 걱정대로 땀을 뻘뻘 쏟으며 울상이 돼 돌아다니지만 우산은 하나도 안 팔렸다.

그러나 박씨네는 딴판이었다. 비가 쏟아지는 하늘을 보며 박씨네는 웃음꽃이 만발이다.

"우리 맏이 우산 잘 팔리겠네."

"그럼요, 그럼."

이뿐인가 어디. 햇살이 쨍쨍한 하늘을 바라보며

"우리 작은놈, 짚신 잘 팔리겠네. 허허허."

우산과 짚신을 팔러나간 박씨네 아이들도 김씨네 아이들과는 달랐다. 우산 팔러나간 큰아들은 햇볕이 쨍쨍한 날은 느티나무 그늘에서 우산 지게를 세워놓고 천하태평 낮잠을 자고, 짚신 팔러 나간 둘째는 비가 오면 주막집에 들어가 넉살 좋게 짚신을 주고 막걸리를 들이켰다.

김씨네는 언제나 집안에 한숨소리뿐이고, 박씨네 집안은 언제나 웃음꽃이다.

이를 두고 사람들이 마음먹기에 달렸다고 하더라.

까막눈

봉득이는 뼈대 있는 집안에서 태어났으나 여섯 살 때 모친을 병으로 여의고 부친은 화병으로 드러누웠다.

어느 날 부친과 의형제를 맺은 최참봉이 강 건너 문병을 왔다. 두 사람은 최참봉의 딸과 봉득이를 나이가 차면 혼인시키기로 약조한 사이다.

"내가 죽거든 우리 봉득이를 자네가 좀 맡아주게."

두 사람은 손을 굳게 잡았다.

한 달이 지나 봉득이 아버지도 이승을 하직하고 봉득이는 최참봉네 집으로 들어가게 됐다. 선친의 의형제 최참봉은 여섯 살 봉득이의 거처를 행랑으로 정해줬다.

봉득이는 마당도 쓸고 잔심부름도 하며 밥값을 하다가 어느 날 최참봉에게 서당에 가서 글을 배우고 싶다고 청을 올리자 최참봉 왈

"글은 배워서 어디에 써먹을 게야! 너는 열여섯이 되면 내 사위가 돼 우리 집 살림을 꾸려가야 해. 내가 아들이 있냐? 양자가 있냐. 네가 이 집 대주가 되는 거야."

최참봉은 어린 봉득이를 머슴처럼 부렸다.

봉득이도 최참봉의 약속을 믿고 뼈가 부서져라 일했다. 봉득이 조실부모하고 최참봉 집에 들어온 지 10년, 열여섯 이 되어 최참봉 딸과 혼례를 올릴 바로 그 해가 됐다. 우수 가 지난 어느 날, 최참봉은 봉득이에게 심부름을 시켰다.

"너, 수리재에 다녀와야겠다."

봉득은 놀랐다.

"수리재라면 산적이 들끓는…."

"겁낼 것 없다. 이 서찰과 물건을 가지고 수리재 꼭대기에 가면 사람이 기다릴 것이다. 부지런히 걸으면 내일쯤 그곳 에 당도할 수 있을 게야."

봉득이는 서찰을 품에 넣고 겹겹이 싼 길고 묵직한 물건을 들고 걸음을 재촉했다.

저녁나절 찬비를 맞고 오들오들 떨며 주막에 들어갔다. 뜨끈뜨끈한 구들방에 들어가 가장 먼저 젖은 서찰을 곱게 펴서 말렸다. 한방에 유숙할 노스님이 힐끗 서찰을 보더니 깜짝 놀라

"젊은이, 까막눈인가?"

하고 놀랐다.

"왜 남의 편지를 훔쳐보고 그래요!"

봉득이 눈을 흘기자 노스님은 목탁으로 봉득이 등짝을 후 려치며

"이놈아, 이 편지를 내가 읽어볼 테니 어디 한번 들어나 봐라. 오장수님, 명장이 빚은 명검을 올립니다. 이 명검의 칼날이 얼마나 예리한지 이걸 가지고 간 녀석의 목을 쳐서 시험해주시기 바랍니다."

오장수는 수리재 산적 두목으로 최참봉은 매년 그에게 공물을 바쳐 화를 면해왔다.

이튿날 아침, 봉득이는 스님을 따라 첩첩산골 암자로 들어갔다.

최참봉에 대한 원한보다는 자신을 죽이려는 글 한줄 몰랐다는 게 한스러워 죽기 살기로 공부해 5년 만에 과거에 급제해 암행어사가 됐다.

봄비가 추적추적 오는 어느 날 밤, 새파란 셋째첩을 끼고 누운 최참봉 방문이 스르르 열리고 암행어사가 장검을 들고 나타났다.

"보, 보, 봉득이!"

하며 놀란 최참봉에게 봉득이는 낮은 목소리로 말했다.

"칼날이 아직도 무디어지지 않았는지 시험해봐야겠습니다."

완악한 종의 행패

어느 고을에 한 부인이 있었는데, 남편이 어린 아들 하나만 둔 채 병이 들어 세상을 떠났다. 그 뒤로 이 부인은 혼자서 종들을 거느리고 살아가면서, 어린 아들을 지나치게 귀애한 나머지 교육을 제대로 시키지 못해, 아들이 장성한 뒤에도 철이 없는 어리석은 사람이 되고 말았다.

그리하여 하루는 부인이 아들을 불러 앉혀 놓고 이렇게 시켰다.

"너는 내일 종을 데리고 대구로 내려가서, 예전 우리 집 종들을 찾아 그 몸값을 받아오는, 추노(推奴)의 직분을 수행하고 오너라."

이에 아들은 종 하나를 거느린 채 말을 타고 대구로 향했다. 한데 이 종은 매우 완악(頑惡)하여, 어리석은 상전의 말을 듣지 않고 깔보면서 놀렸다.

부인의 아들이 말을 타고 가면서 종에게 물었다.

"여기에서 대구까지는 몇 리나 되느냐?"

이렇게 대구까지의 거리를 물었는데, 종은 일부러 어리석은 상전을 놀리느라 땅이름 '대구(大邱)'를 물고기 이름 '대구(大口)'로 해석하고, '거리'를 말하는 '리(里)'를 '치아(齒牙)'인 '이'로 해석하여 이렇게 대답하는 것이었다.

"대구는 위의 이빨이 16개이고 아래의 이빨도 16개라, 모두 합해 32개의 이빨이 있습니다."

또한 날이 저물어 한 여관에 들자 부인의 아들은,

"방에 '자리(앉는 방석 자리를 뜻함)'가 있을까?"

하고 다시 종에게 물었다. 그러자 이 종은 또 상전을 놀리느라 달리 해석하여 대답을 하는데,

"잘 데가 없으면 소인과 함께 자면 됩니다."

하고 말하는 것이었다. 곧, '자리'를 '잠 잘 장소'로 해석한 대답이었다.

방안으로 들어가서 잠잘 준비를 하면서 부인의 아들은 다시 종에게 물었다.

"잘 때 빈대나 이 같은 게 없을까? 이 여관방에는 '물것'이 없는지 모르겠구나."

그러자 종은 또 이렇게 대답하는 것이었다.

"도련님! '물것(입에 물 물건으로 해석)'이 없으면 소인의 음경을 물면 됩니다. 걱정하지 마십시오."

부인의 아들은 비록 어리고 어리석었으나 그래도 상전인데, 이 완악한 종은 사사 건건 이런 식으로 놀리니 더 이상 참기가 어려웠다. 이에 그 아들은 화가 나서 꾸짖어 말했다.

"내 너를 엎어 놓고 볼기를 때려 잘라 버렸으면 좋겠다."

그러자 종은 다시 히죽히죽 웃으면서 이렇게 대꾸했다.

"도련님이 때려 자르지 않아도, 소인의 둔부는 이미 두 조각으로 갈라져 있습니다요."

이러니 부인의 아들은 화가 나서 더 이상 이 종과 대구로 내려가기 싫어, 중도에 되돌아왔다. 그리고 모친에게 종의 행패에 대해 모두 아뢰니, 부인은 종의 행동을 문제 삼아 다른 종들을 시켜 엎어 놓고 볼기를 치라고 했다.

그러자 이 종은 볼기를 맞으면서 부인을 향해 말했다.

"소인, 농담으로 그리 말한 것은 사실입니다. 하지만 그 말을 할 때 도련님과 소인밖에 아무도 들은 사람이 없습니다. 그렇다면 설마 도련님이 안방마님께 이 사실을 고해바치지는 않았을 테고, 대체 어떤 쥐새끼가 그런 겁니까?"

그러자 부인의 아들은 바지춤에 손을 질러 넣은 채 마루를 오락가락 배회하면서 중얼거렸다.

'난 말하지 않았어! 난 결코 말하지 않았다니까!'

아들은 고개를 숙이고 이렇게 계속 중얼거리고 있었다.

이 이야기에 부묵자는 이런 평을 붙여 놓았다.

"아아, 공자는 사랑하면 노력을 많이 하게하고, 충성을 할 때는 깨우쳐 주는 일을 함께 해야 된다고 했다. 옛 성현들 역시 사랑하면서 노력을 시키지 않으면 새나 송아지를 사랑하는 것이 되고, 충성을 할 때 깨우쳐 주길 함께 하지 않

으면 부녀자들이 남편을 섬기는 거나 같은 것이라고 해석
했다. 이 이야기 속의 부인도 자식을 사랑하기만 하고, 열
심히 노력하게 하지 않았던 결과 이렇게 된 것이로다."

움쳐쥔 단추

강원도 정선 땅 첩첩산중 담비 골에 단 두 집이, 윗집엔 심마니 내외가 아랫집엔 사냥꾼 내외가 살았다. 그들은 친형제처럼 내것 네것이 없었다.

어느 깊은 가을날 산삼을 캐러 간 심마니가 밤이 늦도록 돌아오지 않아 심마니 부인은 쪽마루에 걸터앉아 남편 오기만을 기다리는데 아랫집 사냥꾼이 올라와 한다는 말씀이

"형수님, 우리 집사람 여기 안 왔습니까?"

심마니와 사냥꾼 마누라가 눈이 맞아 도망쳐버린 것이다. 심마니 부인은 식음을 전폐하고 들어 누워버렸는데 연놈들을 찾으러 간다며 대처로 나갔다가 3일 만에 헛걸음을 치고 돌아온 사냥꾼이

"형수님, 이러시면 안 됩니다, 일어나 이것 좀 드세요."

하고 음식을 권했다.

아랫집에서는 생홀아비가 윗집에서는 생과부가 분노와 한숨으로 살아가다가 눈이 펄펄 오던 어느 겨울날 밤, 사

냥꾼이 술 냄새를 풍기며 윗집 생과부 방으로 들어가자 그녀도 기다렸다는 듯이 품에 안겨 광란의 밤을 보냈다.

자연스럽게 두 사람은 부부가 되어 새살림을 차렸다. 사냥꾼은 심마니 부인을 형수님이라 부르는 대신 여보라 불렀고 그녀도 자연스럽게 사냥꾼을 서방님이라 불렀다. 사냥꾼은 하룻밤도 거르지 않고 심마니 부인의 고쟁이를 벗겼고 그녀는 새로운 밤풀이에 심신이 들떴다. 지난 가을의 분노와 한숨은 까마득히 잊어버리고 새 삶이 너무 짜릿해 웃음꽃이 질 날이 없었다.

꽃피고 새 우는 화사한 봄날이 찾아왔다. 산나물을 뜯으러 산속으로 들어간 사냥꾼 새 마누라는 사냥꾼이 좋아하는 곰치를 뜯으러 점점 깊이 들어가다 깜짝 놀라 걸음을 멈췄다. 바위 사이 풀 속에 처박힌 시체, 그것은 사냥꾼 부인과 도망쳤다던 남편 심마니였다.

움켜쥔 오른손을 펴자 단추 하나가 나왔다. 그녀는 단추를 들고 허겁지겁 집으로 돌아왔다. 가을에 입던 사냥꾼의 조끼를 꺼내자 단추 하나가 떨어졌고 나머지 단추와 그녀가 갖고 온 단추는 같은 모양새였다.

사냥꾼이 방으로 따라 들어와 방바닥에 엎드려 울면서

"용서해주시오. 당신을 처음 본 순간부터 나는 미칠 것만 같았소. 으흐흐흑."

망연자실 천장만 바라보던 부인이 조끼와 단추를 들고 나가더니 부엌 아궁이 불 속에 던져버리고 방으로 들어와 배

시시 웃으며

"나도 서방님 품에 안기는 꿈을 수없이 꾸었습니다."

사냥꾼이 감격하여 그녀를 안았다. 운우가 지나고 땀을 훔치지도 않고 속치마만 걸친 채 그녀는 부엌에서 술상을 차려왔다. 사냥꾼이 하초만 가린 채 벌컥벌컥 술잔을 단숨에 비우고, 그리고 초점 잃은 눈을 크게 뜨더니 피를 토하며 꼬꾸라졌다.

지아비를 죽인 원수를 갚은 것이다. 이튿날 산속으로 들어간 그녀는 억울하게 죽은 심마니 시체를 수습하여 땅에 묻고 술을 따라 제를 올렸다. 사냥꾼의 시신도 수습해서 양지바른 곳에 묻고 술을 따랐다. 지아비를 죽인 원수지만 그 또한 다섯 달 동안 살을 섞은 지아비가 아닌가. 거름더미 속에 파묻혀 있던 사냥꾼 부인의 시체도 찾아내 땅에 묻었다. 그날 밤, 담비골 두 집엔 시뻘건 불길이 치솟아 오르고 그녀는 어디론가 종적을 감췄다.

자리 바뀐 양근과 코끝

　　　　　　한 시골 마을에 나쁜 행동을 일삼는 소년이
있었다.
　하루는 희미한 달빛이 비치는 밤이었는데, 이 소년이 마
을 어느 집의 닭을 훔치려고 옷을 모두 벗은 채 알몸으로
집을 나섰다.
　그리하여 한 집에 들어가 처마를 쳐다보니 닭 둥지가 걸
려 있기에, 그 밑에 돋움을 놓고 올라서서 둥지를 풀어 내
리고 있었다.
　한데 이 둥지는 방 창문 위에 걸려 있어, 잠이 오지 않아
뒤척이던 주인이 언뜻 창문을 바라보다가 어스름 달빛에
비치는 사람의 그림자를 본 것이었다.
　아니, 저런! '저건 필시 도적놈이다. 닭 둥지를 떼어 가려
고 그러는 게 틀림없구나. 창문으로 나갈 순 없으니, 뭔가
를 던져서 쫓아 버려야겠다.'
　이렇게 생각한 주인은 윗목에 놓인 놋쇠 쟁반을 집어 들
고, 급히 창문을 열어 밖에 서 있는 사람을 향해 냅다 던졌
다.

한데 이 소년은 창문에서 멀찍이 떨어져 있었으니, 놋쇠 쟁반은 소년의 코끝을 스치고 내려가 양근 끝에 충격을 가한 뒤 바닥으로 떨어졌다.

이 때 소년은 몹시 아팠지만 찍소리도 못 내고 땅에 주저앉아 몸을 더듬어 보니, 피가 흐르는데 코끝과 양근 끝이 부드러운지라 조금씩 잘려 나간 것이었다.

이에 땅바닥을 더듬거려 떨어진 두 조각을 집어서는, 코와 양근 끝에 얼른 붙이고 집으로 돌아왔다.

그리고는 양쪽 부위를 헝겊으로 싸맨 채 여러 날 집안에서 요양하니, 차츰 아물어 통증이 가셨다.

그리하여 싸맸던 헝겊을 풀고 양근을 살펴보니, 뜻밖에도 뾰족한 코끝이 거기로 와서 붙어 있었다.

깜짝 놀란 소년이 다시 거울로 코끝을 비춰 보자, 엉뚱하게 양근 끝이 거기에 붙어 있는 것이었다.

캄캄한 밤에 급히 주워 붙이다 보니 이렇게 뒤바뀌어 버린 것인데, 이제는 여러 날이 지나 거의 아물어 버렸으니, 그야말로 다시 바꾸어 붙일 수도 없는 노릇이었다.

한데 이런 상태로 살아가자니 여간 불편한 게 아니었다. 향기롭거나 고약한 냄새가 나는 곳에서는 양근 끝이 크게 발동을 하고, 예쁜 여인을 만나거나 옥문 생각을 할라치면, 코끝이 또한 크게 끄덕거리고 흔들렸기 때문이었다.

금주발 뚜껑

당대의 권문세가 김대감 집엔 아첨꾼들이 들락거린다.

온갖 뇌물을 다 받아 챙겼지만 요 근래 받은 것 중의 으뜸은 안성 사또가 가지고온 방짜 금주발이다.

김대감 밥상에 방짜 금주발이 오르면 온 방이 금빛으로 휘황찬란해진다.

"요즘 왜 이리 밥맛이 당기는지 모르겠소."

김대감의 말에 안방마님이 생긋이 웃으며 금주발 예찬을 한다.

"대감, 금주발이 밥에 기를 불어넣는 것 같습니다."

어느 날 아침 김대감 집안이 발칵 뒤집어졌다. 금주발 뚜껑이 없어진 것이다. 대감이 아침상에 수저도 안 대고

"주리를 틀어서라도 찾아내라!"

고함치며 집을 나서자 마님은 우선 찬모 둘을 꿇어앉혀 놓고 자백을 종용했지만 소용이 없었다.

싸리 회초리로 피가 흐르도록 등줄기를 때려도 찬모들은 한사코 결백을 주장했다. 집안의 하인들, 침모, 행랑아범

등 모두를 불러모아 놓고 으름장을 놨지만 금주발 뚜껑을 훔쳐갔다고 나서는 사람이 없었다.

마님은 몸종을 시켜 먹골 사는 신 무당을 불러오도록 했다. 새빨간 치맛자락을 휘날리며 신 무당이 왔다. 마님으로부터 자초지종을 들은 신 무당은 눈을 가늘게 뜨고 배시시 웃더니

"이건 굿판을 벌일 필요도 없어. 장닭 한 마리와 송곳을 갖고 와."

그 말에 마님의 얼굴이 환하게 펴졌다.

안마당에 집안사람들 모두를 모아놓고 봉당에 올라선 신 무당이 왼손엔 장닭의 모가지를 움켜쥐고 오른손엔 송곳을 쥔 채 찢어지는 쇳소리로

"지금도 늦지 않았어. 금주발을 훔쳐간 사람은 빨리 나와. 이 장닭의 눈을 찌르면 금주발 뚜껑을 훔친 사람은 장님이 될 거야! 빨리 나오지 못해!"

적막이 흘렀다.

"찔러!"

독기를 품은 마님이 소리쳤다.

"꽥!"

송곳에 눈을 찔린 장닭이 선혈을 뿌리며 날개를 퍼덕이자 신 무당의 얼굴도 피범벅이 되었다.

피를 쏟던 장닭이 마침내 다리를 축 늘어뜨리며 조용해지

자 마님과 신 무당은 안마당을 내려다봤다. 장님이 된 사람은 아무도 없었다. 침 삼키는 소리뿐이었다.

그때 서당 훈장과 학동들이 대문 안으로 들어오는데 나이 먹은 학동에게 업혀 들어오는 아이는 바로 늦게 본 김대감의 외동아들이다.

"엄마, 앞이 안 보여!"

마님이 장님이 된 외동아들을 잡고 통곡하며 어찌된 일이냐고 묻자 훈장 왈

"조금 전에 글을 읽다가 갑자기 꽥 소리를 지르며 눈을 감싸 안지 뭡니까."

스님과 맺은 인연

　　서울에 사는 한 사람의 부친이 호남 지역에 많은 농토를 소유하고 있었다. 이에 그 사람이 농토를 관리하라는 부친의 명을 받고 호남 지역으로 내려갔다.

　그리하여 한 여관에 주거를 정하고 농토를 관리하는데, 추수가 완전히 끝나야 다시 서울로 돌아갈 수 있었다. 이에 몇 달이 지나자 적적하고 무료하여 시간을 보내기가 무척 힘들었다.

　그렇게 몇 달이 지나 찬바람이 불면서 9월로 접어드니, 서울로 돌아갈 날이 얼마 남지 않았다는 생각에 그야말로 몸이 뒤틀렸다. 그러던 어느 하루는 추적추적 가을비까지 내리니, 집안에 갇힌 채 방안을 오락가락하면서 불안해했다.

　그러자 여관 안주인이 이 사람을 불러 말했다.

　"서울 양반이 그렇게 답답해 하니, 내 딱해서 보기가 민망합니다. 그래서 이런 고담(古談) 한 가지 들려 드릴 테니 어디 한번 들어 보면서 심심함을 달래 보시려는지요?"

　"아, 물론 좋지요. 어서 얘기해서 내 답답함 좀 풀어 주시구려."

이리하여 안주인은 자신의 과거 행적에 대해, 다음과 같이 들려주는 것이었다.

안주인은 본래 호남 지역의 어느 고을 넉넉한 가문의 딸로 태어났다. 한데 자라서 소견이 날 무렵, 몰래 집을 뛰쳐나가 무작정 서울로 향했다.

여러 날 만에 서울에 도착한 안주인은 갈 곳이 없어 헤매다가 밤중에 어느 사대부 집 대문에 기대어 웅크리고 잤는데, 새벽에 그 집 종들이 대문을 여는 순간 발각되어 안방마님에게 불려가 꾸중을 들은 뒤, 그 집에서 부엌일을 거들며 살게 되었다.

그렇게 세월이 흘러 여인의 나이 17세가 된 때였다. 가만히 생각해 보니, 이렇게 있다가 혼기를 놓치면 어쩌나 하는 불안한 마음이 머릿속을 사로잡는 것이었다. 게다가 집을 떠난 지 여러 해가 지났으니 부모 생각도 간절했다.

그리하여 이 집에서 나가야겠다고 마음먹고는, 어느 날 새벽 남자 옷으로 변장을 하고 몰래 집을 나섰다. 그리고는 사람들에게 물어가며 남대문을 빠져 나와, 한강의 동작 나루에 이르렀다.

그곳에서 배를 타려고 기다리는데, 어디서 나타났는지 젊은 스님 한 분이 뒤에 와서 말을 거는 것이었다.

"도련님은 어디로 가는 길인지요?"

"나요? 여러 해 만에 호남 지역 고향으로 돌아가는 길이

랍니다."

"그것 참 잘 됐군요. 나 역시 호남 지역으로 가는 길인데, 친구나 한 사람 만났으면 하고 바라던 차에 마침 잘 되었습니다. 함께 말동무나 하며 가도록 합시다."

이에 여인이 곁눈질로 살피니, 얼굴도 잘생긴데다 나이도 젊고 다정해 보였다. 게다가 앞으로 먼 길을 가야 할 처지라 비록 남복으로 변장은 했으나, 여자의 몸으로 혼자 길을 가는 것이 좀 두려웠는데 잘 되었다고 생각했다.

이리하여 두 사람은 친구가 되어 가다가 갈산(葛山) 지역에 이르니, 날이 저물어 한 주점에 들어가게 되었다. 그리고 당연히 젊은 남자 둘이라 한방에 들어 잠을 자게 된 것이다.

이에 두 사람은 나란히 누워 이런저런 이야기를 하다가 밤이 깊어지니, 스님은 여인의 허리를 뒤에서 안고 끌어당겼다. 흔히 절에서 독신 생활을 하는 스님들은 남자들끼리 양근을 항문에 삽입하여 비역 행위를 하는 것이 관례였는데, 이 젊은 스님도 그런 습관에 젖어 젊은 총각을 보니 마음이 동해 그 행위를 하려는 것이었다.

스님은 여인의 바지를 내리고 엉덩이를 드러내어 자신의 사타구니에 밀착시키고, 양근으로 항문 부분을 부비며 대변 굴혈(窟穴)을 찾느라 애를 쓰고 있었다. 이 때 여인도 야릇한 정감을 느끼면서 솟구치는 열정을 주체하기가 어려웠다.

이에 여인은 스님의 양근을 뒷문이 아닌 앞문으로 유도하자고 마음먹었다. 그리하여 곧 두 다리를 슬그머니 벌리고, 둔부를 스님의 아랫배 부분으로 밀어 올리면서 음호를 스님의 양근 부분에 대고 밀어 버렸다.

그러자 이미 농축액이 질펀하게 흐르던 터라, 스님의 양근이 미끄러지면서 여인의 부드러운 곳 깊은 데까지 푹 들어가 박혀 버렸다. 실로 엄청난 일이 벌어진 것이었다.

남자로만 알고 항문을 찾던 스님은 뜻밖의 상황을 당하니, 마찰의 쾌감과 함께 땅이 꺼지는 듯한 충격을 느끼면서 자신도 모르게 크게 소리치고 말았다.

"어어! 여기가 어디냐? 어디로 들어왔단 말이냐?"

그러자 마침 옆방에서 피곤에 지쳐 자고 있던 여관의 일꾼이, 새로운 손님이 온 줄 알고 벌떡 일어나 문을 열고 밖으로 뛰어나가면서 머리를 숙이고는,

"여기는 갈산점(葛山店)이 올시다. 방도 따뜻하고 빈대 벼룩도 없으니 어서 들어오십시오!"

하고 소리쳤다. 그러나 밖에 새 손님이 있을 리 없었다.

이렇게 이야기한 여인, 곧 이 안주인은 저쪽 마루 모퉁이에 앉아 싱글벙글 웃고 있는 바깥 주인을 가리키면서,

"그 날 밤의 젊은 스님이 바로 저기 있는 내 남편이랍니다."

라고 말하고는 한바탕 크게 웃었다.

옛글에 보면 하늘에는 헤아릴 수 없이 많은 바람과 비가 있고, 사람에게는 아침과 저녁으로 재앙과 복이 있다고 했는데, 이 경우가 바로 그 말에 해당하는 것 같도다.

까막눈 뱃사공

　　　　꽃피고 새 우는 어느 봄날 해거름, 운포나
루 뱃사공 고씨가 허달스님을 강 건네주려고 닻을 올리는
데 때마침 기생들을 데리고 천렵을 갔던 고을 세도가 자제
들이 술에 취해 노래를 부르며 나루터로 몰려왔다.
　사또 아들, 천석꾼 오첨지 아들, 관찰사 조카가 기생을 하
나씩 끼고 꼴사납게 치마 밑으로 손을 넣으며 키득거리고
다가와
　"친구가 아직 안 왔으니 배 띄우지 말고 기다려!"
라며 큰소리를 쳤다. 패거리 중 하나가 어지간히 급했는
지 기생을 끼고 솔밭으로 들어간 것이었다.
　"스님이 강을 건너야 하는데 지체했다간 날이 어두워집니
다. 스님을 먼저 건네드리고 오겠습니다요."
　늙은 뱃사공이 사정을 해도 그들은 막무가내다.
　"지금쯤 옥문을 닦으며 치마를 추스르고 있을 게야. 기다
려!"
　사또 아들은 뱃사공을 부르더니 땅바닥에 '내 천(川)' 자를
쓰고는

"이게 무슨 글자인지 아는가?"

하고 물었다.

눈만 끔벅거리며 뱃사공이

"모르겠습니다요."

하자 웃음보가 터졌다.

사또 아들은 오십 줄에 접어든 뱃사공을 부뚜막에 올라간 강아지 때리듯 막대기로 때리며

"하루에 수십 번 내를 건너며 내 천 자도 모르다니. 아는 것이라곤 낮에 배 타고 밤이면 마누라 배 타는 것뿐이지!"

그 말에 또 웃음이 터졌다.

보다 못한 스님의 대갈일성.

"젊은이들이 언행이 거칠구면!"

하지만 오첨지 아들은

"공산에 달이 뜨니 개 짖는 소리 요란하도다."

라며 도리어 스님을 비꼬았고, 기생들까지 배꼽을 잡고 웃었다. 스님은 벌겋게 달아올랐지만 참는 수밖에 도리가 없었다.

기생을 끼고 솔밭으로 들어갔던 황부잣집 아들이 돌아오 자 모두 배에 올랐다. 스님이 오르려는데 노를 잡고 밀어 서 스님은 엉덩방아를 찧었고 배는 떠나버렸다. 또 웃음이 터졌다. 배 위에서는 춤판이 벌어졌다.

"안됩니다. 배가 뒤집힐 수도 있습니다요."

"당신이 노로 균형을 잡아!"

그들은 막무가내였다. 기어코 강 한가운데서 배가 뒤집어졌다. 며칠 전 큰 봄비로 강물이 불어 강 한가운데는 아수라장이 됐다. 뱃사공이 헤엄을 치다가 뒤를 돌아보며 말했다.

"선비님들 헤엄 못 치시오?"

"못 쳐, 못 쳐, 어푸~어푸!"

"내를 건널 땐 내 천 자는 몰라도 헤엄은 칠 줄 알아야지요."

뱃사공은 유유히 헤엄쳐 나루터로 돌아왔다.

그날 밤 혈혈단신 뱃사공 고씨가 살던 나루터의 초가삼간이 불길에 휩싸였다. 아우성을 집어삼킨 강물은 말없이 칠흑 같은 어둠 속으로 흘러갔다. 스님과 뱃사공 고씨는 흔적도 없이 사라졌다.

여종에게 속은 주지

옛날 후백제 견훤의 고도(古都)에 위치해 있는 금산사에 연화(烟花)라는 여종이 있었다. 그녀는 얼굴이 곱고 음탕하며 애교가 있어, 남자들의 마음을 사로잡기에 충분했다.

이에 많은 스님들이 그 꼬임에 빠져 파계하고 일신을 망치는 일이 빈번히 발생하니, 불가(佛家)에서 크게 걱정하기에 이르렀다.

그리하여 종장(宗長) 혜능 스님이 주지로 와서, 스님들을 모아 놓고 분연히 소리쳐 말했다.

"우리 승려들이 계율을 엄격히 지키고 신심을 두텁게 하면, 어찌 일개 여인의 꼬임에 넘어갈 수가 있단 말이냐?"

이렇게 주의를 시키면서 절에 있는 모든 스님에게 선포했다.

"오늘부터 일체의 심부름과 빨래며 허드렛일을 모두 남자에게 시키고, 여종 출입을 금해 도량을 정숙하게 할지어다."

하루는 혜능이 절에서 나가, 연화가 거처하는 곳을 지나가게 되었다. 이 때 연화가 울타리에 기대서서 그 틈새로 혜능을 보고는, 안에 있는 스님들을 돌아보며 말했다.

"내 보아 하니, 저 혜능 스님은 쉽게 꼬여낼 수 있을 것 같구려."

그러자 여러 스님들이 웃으면서 이렇게 약속했다.

"네가 만일 혜능 스님을 꼬여 파계시킬 수 있다면, 그 상으로 토지를 내리겠다. 언제 할 수 있겠느냐?"

"아, 좋습니다. 내일 바로 그 목에 줄을 매어 절 앞의 큰 느티나무 밑으로 올 테니, 모두들 와서 기다리세요."

이렇게 큰소리를 치며 약속한 연화는, 곧 머리를 땋아 총각처럼 꾸미고는 남자 옷으로 갈아입었다. 그리고 『효경(孝經)』 한 권을 겨드랑이에 끼고 절 안으로 들어가니, 영락없는 총각의 모습이었다.

이에 연화는 곧 혜능 스님 앞으로 가서 절을 올리니, 스님은 그 아름다운 용모에 큰 관심을 보이며 물었다.

"너는 누구의 아들이며, 어디 사는 총각이냐? 또한 무슨 일로 여기는 왔느냐?"

"예, 소생은 아무 마을에 사는 선비로서 전에 주지 스님으로부터 글을 배웠사온데, 스님이 가신 후로 학업을 폐하고 있다가 다시 스님께 배우고자 이렇게 알현하는 바이옵니다."

"음, 알겠노라. 그렇다면 앞서 배운 데까지 한번 읽어 보도록 해라. 내가 가르칠 만한지 확인해 봐야겠구나."

그러자 연화는 곧 가져간 『효경』의 중간쯤까지 유창하게 읽으니, 혜능은 기뻐하면서 이르는 것이었다.

"됐다, 가히 가르칠 만하니 내 곁에 있도록 하라."

이리하여 연화는 혜능 곁에 머무는 것을 허락받게 되었다.

이 날 밤 혜능이 밖에서 참선을 하는 사이, 방으로 자러 들어간 연화가 무슨 잠꼬대 같은 소리를 냈다.

이에 혜능은 이상히 여기고 방문을 여는 순간, 까무러치게 놀랐다. 완연한 여자가 옷을 거의 다 벗고 반듯이 누워 있었기 때문이었다. 이에 혜능은 놀라면서,

"이게 무엇이냐? 어찌된 영문이란 말이냐?"

라고 소리쳐 물었다. 이 때 연화는 생글생글 웃으면서,

"스님, 소녀 연화이옵니다. 남녀의 욕망은 천지 생물의 본심이 아니겠습니까? 옛날 석가모니의 제자 아난(阿難)도 마등(摩登)과 나한(羅漢)의 꼬임에 빠져, 구름 사이로 떨어졌다고 하옵니다. 하물며 그 두 사람에 미치지 못하는 스님께서 어찌 이 소녀의 유혹을 뿌리칠 수 있겠사옵니까?"

하고 아양을 떨며 아름다운 교태를 부리는 것이었다.

연화의 그 아름다운 몸과 예쁜 얼굴에 더하여, 교태를 부리는 모습을 본 혜능은 온몸에 힘이 쭉 빠지면서 넋을 잃었다.

"이 요망한 것! 내 원수로구나, 원수야! 네가 내 계체(戒體)

를 무너뜨리려고 작정한 게로구나. 어디서 왔단 말이냐? 어디서 왔느냐, 이 원수야!"

이러면서 혜능은 불같은 욕정을 주체하지 못하고 연화를 왈칵 껴안아, 몸을 합쳐 뜨거운 환희를 맛보았다.

그리하여 한동안의 작업이 끝나니, 연화는 배를 움켜쥐고서 복통을 호소하며 크게 소리를 질렀다. 바로 계책을 실행하기에 이른 것이었다.

이에 혜능은 그 소리가 밖으로 들릴까 두려워, 자신의 입으로 눌러 막아가며 많이 아프냐고 물으니 연화가 대답했다.

"스님, 배가 많이 흔들려 아픈 것 같사옵니다. 지금은 밤이라 아무도 보지 않으니, 소녀를 업고 절 밖의 느티나무 밑에 내려놓아 주시면, 소녀 기어서라도 처소로 돌아가겠사옵니다."

"그게 좋겠구나, 그러면 내 등에 업히도록 해라."

곧 연화는 혜능의 등에 업혔다. 그리고 두 손으로 목을 단단히 잡으라고 당부하는 말에, 연화는 일부러 팔에 힘이 없는 듯 슬그머니 놓으니, 스님은 뒤로 미끄러져 내리는 연화의 몸을 추스르느라 매우 힘들어했다.

이 때 연화가 계속 아픔을 호소하며 스님을 불러 말했다.

"스님, 소녀 팔에 힘이 없사오니 허리끈으로 스님의 목을 둘러 주시면, 소녀 그 끈의 양끝을 잡고 힘을 주어 몸이 흘러내리지 않도록 하겠나이다."

"그래, 그러면 좀 수월하겠구나."

이에 스님은 허리끈으로 목 앞을 둘러, 그 끝을 연화의 손에 쥐어 주었다. 그리하여 겨우 연화를 업고 절 밖의 큰 느티나무 아래까지 왔다.

한데 거기에는 이미 약속한 대로 여러 스님들이 와서 숨어 있었다. 이에 연화가 스님들 앞에 이르러 다리에 힘을 주고 밑으로 쭉 뻗으니, 업고 있는 혜능의 손에서 몸이 쑥 빠지면서 그대로 땅에 우뚝 서게 되었다.

그러자 연화는 혜능의 목에 두른 끈을 잡고 서 있는 꼴이 되니, 그것은 곧 혜능의 목에 줄을 매어 끌고 온 것처럼 보였다.

이 때 연화가 나무 밑에서 지켜보고 있는 스님들을 향해 말했다.

"보십시오, 내 약속한 대로 혜능 스님의 목에 줄을 매어 끌고 왔지요?"

이에 스님들은 왁자지껄 손뼉을 치면서 칭찬했다. 그리고 연화는 약속한 대로 토지를 상으로 받고 좋아했다.

속으로는 욕심이 많으면서 겉으로만 인의(仁義)를 외치고 꾸미는 자, 그 마지막에 이르러 패망하지 않는 경우가 드물도다.

혜능 스님의 경우, 그의 수계(守戒)와 검신(檢身)이 세상 만물을 뛰어넘어 불조(佛祖)에 참여한 듯했으나, 마침내 연화의 계교에 빠져들었을 때, 선심(禪心)이 흩어지고 욕망의 물결에 빠져 헤어나지 못하는구나.

이는 세상에 이름을 팔고 절개를 굽히는 무리들이 마침내 험한 환해(宦海)에 빠져 몸을 망치는 것과 다름없으니, 가히 웃음이 나오도다.

홍어

사랑방 처마 끝에 매달린 잘 삭은 홍어가 봄바람에 까닥까닥 마르자 천석꾼 부자 최진사는 술 한 잔 마실 때마다 홍어를 조금씩 찢어서 초장에 찍어 먹었다.

찬모 언년이는 술상이나 밥상을 들고 사랑방을 들락거릴 때마다 홍어를 바라보며 침을 삼켰다.

어느 날 온 집안 식구들이 집을 비운 사이 언년이는 방석만한 홍어를 표 나지 않게 조금 찢어서 자기 방으로 가져가 초장에 찍어 먹고는 그 묘한 감칠맛에 정신이 혼미해졌다.

최진사가 홍어를 뜯어먹고 나면 언년이가 뜯어낸 자리에서 다시 조금 더 뜯어먹기를 서너 차례. 최진사는 금쪽같은 홍어를 누군가 훔쳐 먹고 있다는 것을 눈치 챘다.

어느 날 최진사가 의관을 차려입고 강 건너 상가에 문상하러 집을 나서자 홍어향이 봄바람을 타고 부엌으로 들어와 언년이의 코끝을 간질였다.

언년이가 뜯어 온 홍어를 자기 방에서 초장에 찍어 막 입에 넣으려는데 문이 벌컥 열리며 최진사가 독사눈으로 언년이를 째려봤다.

 그날 저녁, 머슴·행랑아범 등 남정네들이 보는 앞에서 언년이는 안마당 한복판에 엉덩이를 까고 엎드려 최진사의 싸리 회초리 매타작을 받았다. 엉덩이에서 피가 질질 흘렀다. 그로부터 보름 후 언년이는 찬모 품삯을 받아 최진사 댁을 나와 어디론가 사라졌다.

 닷새 후 새 찬모가 들어왔다. 그날 밤 새 찬모는 언년이가 쓰던 방에서 이불을 펴다가 최진사에게 올리는 밀봉한 편지 한통을 발견, 안방마님을 거쳐 최진사에게 전했다.

 무슨 편지인가 싶어 조심스레 겉봉을 뜯어보니 언년이가 최진사에게 쓴 편지였다.

 그런데 편지를 읽어 내려가던 최진사가 갑자기 새파랗게 질리더니 '우왝우왝' 요강까지 갈 사이도 없이 저녁 먹은 걸 방바닥에 다 토했다. 편지 내용은 이랬다.

 '최진사 어른께. 진사 어른 마시는 머루주 때깔이 더 새빨개졌지요. 내 월경포를 담가놓았으니! 홍어는 맛이 더 좋아졌지요. 오며 가며 내 가래침을 발라놓았으니! 언년이 올림.'

 최진사는 드러누웠다. 밥 한 숟갈 먹어도 토하고 물 한 모금 마셔도 토했다. 용하다는 의원 모두 불러봐도 백약이 무효. 피골이 상접한 최진사는 결국 한 달을 못 넘기고 이승을 하직했다.

송사를 해결하는 여우

　　　　　머나먼 아득한 옛날에는 호랑이가 담배를 피우고, 초목이며 짐승들도 사람과 이야기를 주고받을 수 있었다.

　그 시절에 한 사람이 길을 가고 있으니, 함정 속에서 크게 외치는 소리가 들렸다. 그래서 이 사람은,

　"함정 속에 짐승이 빠진 것을 사람들이 모르고 있구면."

　하면서 가까이 가서 살피니, 커다란 호랑이가 그 속에 빠져 슬픈 울음소리를 내고 있는 것이었다. 곧 호랑이는 사람을 보더니 꼬리를 흔들며 애원했다.

　"이보시오! 이 함정에서 나를 구해 주시오. 부탁입니다."

　"무슨 소릴? 내가 구해 주면 곧장 나를 잡아먹으려 할 터인데, 내가 어찌 구해 주겠느냐? 어림없는 소리 하지도 마라!"

　"무슨 말씀입니까? 나를 살려준 은인을 내 어찌 잡아먹는단 말입니까. 그런 걱정일랑 하지 말고 나를 좀 구해 주시오."

　"좋다! 네가 그렇게 약속하니 내 너를 구해 주마."

그리하여 이 사람은 함정의 뚜껑을 열고 호랑이가 나오게 도와주자, 호랑이는 몸을 한번 툴툴 털더니 말했다.

"내 함정 속에 여러 날 갇혀 있어 배가 몹시 고프니, 부득이 너를 잡아먹어야겠다. 나를 이해해다오."

"이 호랑이야! 너는 정말 배은망덕한 놈이로다. 네가 단단히 약속하기에 구해 주었는데 일구이언을 하다니, 못된 놈이로구나."

"그렇긴 하다만, 내 본심이 아니라 배가 너무 고픈 걸 어쩌냐!"

"하지만 나는 너무 원통하니 어디 가서 의견이나 좀 들어 보고, 모두 좋다고 하면 그 때 잡아먹도록 해라."

"그래, 그럼 그렇게 하자."

이리하여 그 사람은 호랑이와 함께 옆에 있는 큰 소나무를 보고 물었다. 그러자 소나무는 단호하게 말했다.

"호랑이야, 마땅히 잡아먹어야 한다. 사람들이란 고약한 것들이거든. 우리 소나무들은 깊은 산속에 피해 있어 사람들에게 아무 해도 끼치지 않는데, 저들은 도끼며 톱으로 우리들을 자르고 깎아 집도 짓고 관도 만들고 한단 말이야. 그러니 우리 소나무는 사람들에게 원한이 사무쳐, 네가 우리들을 대신해서 당연히 잡아먹어야 한다."

"그것 봐! 잡아먹으라고 하지? 이제 너를 잡아먹어도 되겠네."

"애, 호랑이야! 소나무 하나에게 물어 보고 어떻게 결정하냐? 다른 곳에 한 번 더 물어 보도록 하자.”

“그래, 좋다. 하지만 사람들은 악독해서 아무리 물어 봐도 소용없을 걸.”

이렇게 하여 한참을 걸어가다 커다란 바위가 있어 물으니, 바위 역시 잡아먹으라면서 이렇게 말했다.

“우리 바위들은 깊은 산속에 가만히 앉아 있어 사람들과 아무 상관도 없는데, 저들은 정이며 망치를 가지고 와서 우리 바위에 구멍을 뚫고 깨뜨려 주춧돌도 만들고 방축도 쌓고 하니, 사람들의 악독한 행동은 말로 할 수가 없는 지경이거든. 그러니 얼른 잡아먹어라!”

“그것 봐! 너희 사람들은 이렇게 가만히 있는데도 너무 많은 죄를 짓는단 말이야. 그러니 이제 잡아먹어도 아무 말 못하겠지?”

그리하여 이 사람은 할 말이 없어 망설이고 있는데, 마침 여우 한 마리가 그 앞을 지나가는 것이었다. 이에 그는

“우리 마지막으로 저 여우에게 한 번 더 물어 보자.”

라고 말하니, 호랑이는 좋다고 하면서 자신 있게 응낙했다.

“어험, 좋지. 여우에게 네가 물어 봐라.”

곧 이 사람이 여우를 붙잡고 그간의 사정을 모두 이야기하자, 여우는 천천히 입을 열었다.

“대체로 송사라는 건 한쪽 말만 듣고서는 진실인지 믿기

어려우니, 당초의 상황을 보고서야 판결을 내릴 수 있단
말이야. 그러니 본래의 모습을 내게 보여 다오.”

이 말에 그들은 모두 동의하여, 함정이 있는 곳으로 가서
는 뚜껑을 들고 호랑이를 들어가게 했다. 그리고 다시 뚜
껑을 닫으니 여우는 함정 뚜껑을 들추고는,

“호랑이야! 처음 네가 빠졌을 때의 모습이 이랬느냐?”

하고 묻자 호랑이는 그렇다고 대답했다. 이에 여우는 함
정 뚜껑을 단단히 닫고서 사람에게 물었다.

“본래 호랑이가 빠져 있던 상황이 분명 이와 같았느냐?”

“그래, 처음 내가 지나갈 때 이 상태로 울고 있었어.”

여우는 이 사람과 호랑이에게 물어 확인한 다음, 의젓하
게 서서 판결을 내리는 것이었다.

“그럼 됐다! 호랑이야, 너는 본래대로 그 안에 있고, 사람
너는 본시 네가 가던 길을 계속 가도록 해라. 그럼 더 이상
쓸데없이 다툴 필요는 없느니라.”

이 이야기를 들은 사람들은 송사 판결에 여우가 최고 적
임자라고 하더라.

순진한 선비

어느 무더운 여름날 장터에 파장이 가까워 오는데도 닭을 몇 마리도 팔지 못한 닭장수는 쪼그리고 앉아 잔뜩 인상을 쓰고 애꿎은 연초만 빡빡 피우고 있는데, 꼴에 선비랍시고 떨어진 넓은 갓을 쓰고 땟국이 흐르는 두루마기에 염소수염을 매단 어수룩한 사람이 뚫어지게 장닭을 내려다보더니 대뜸

"이 닭 얼마요?"

라고 묻지 않고

"이게 뭐요?"

라고 물어 닭장수의 부아를 돋우는 것이었다.

할 말을 잃고 선비를 째려보던 닭장수가 이선비를 놀릴 생각으로

"봉황이요 봉황!"

냅다 고함을 질렀다.

그런데 이 촌선비 하는 말이

"이게 말로만 듣던 봉황이로구나."

촌선비가 허리를 숙여 장닭에 코가 닿을 듯이 보더니
"이게 얼마요?"
라고 묻자 옳다구나 하고 닭장수는
"쉰 냥이요 쉰 냥."
하고 소리 질렀다.

촌선비는 뒤돌아서서 허리춤을 풀고 만지작거리더니 쉰 냥을 닭장수 손에 쥐어주고 닭을 안고 유유히 사라졌다.
"우헤헤헤 이게 웬 횡재냐!"
온종일 장사한 것보다 단 한방에 더 많은 돈을 챙긴 닭장수는 입이 찢어졌다. 닭 값의 열배도 더 받아 챙긴 것이다.
'저런 미친놈이 하루에 한 놈만 걸려도 좋으련만…'
닭장수가 신이 나 선술집에서 막걸리 사발을 비우고 있을 때 동헌에서는 희한한 일이 벌어지고 있었으니 이방이 사또에게 다가가
"나리, 웬 미친놈이 수문장에게 떼를 쓰며 사또께 봉황을 올리겠다고 야단입니다."
'봉황?!' 사또는 눈이 휘둥그레졌다.
꾀죄죄한 선비가 보자기로 싼 봉황(?)을 들고 사또 앞에 섰다.
"그 속에 봉황이 들었단 말이냐?"
"그러하옵니다. 불철주야 우리 고을을 위해 애쓰시는 사또님께 드리려고…"
선비가 보자기를 풀자 장닭이 사또를 우롱하듯이 훼를 치

며 꼬끼오~~~목청을 뽑았다.

"네 이놈! 이 사또를 농락하는 게냐. 여봐라, 저놈에게 곤장 스무 대를 쳐라."

"아니 사또 나리. 분명히 봉황이라 해서 사왔습니다."

선비가 봉황(?)을 사게 된 자초지종을 설명하자 곧이어 닭장수가 잡혀왔다.

"네놈은 이 순진한 선비에게 닭을 봉황이라 속여 팔았겠다."

얼굴이 불콰해진 닭장수가

"사또 나리 그게 아니고…"

선비가 닭장수의 설명을 가로챘다.

"소인이 아무리 본데없는 숙맥이라지만 닭 한 마리를 이백 냥이나 주고 살 턱이 있겠습니까?"

"뭐, 뭐, 뭐라고? 오십 냥을 받았지 내가 언제 이백 냥을 받았어?!"

닭장수가 소리를 질렀지만 벌써 판세는 결정 난 것이었다.

투자한 돈의 네 배인 이백 냥을 챙긴 선비는 동헌을 나와 휘파람을 불며 주막으로 향했고 동헌에서는 철썩철썩 닭장수의 볼기짝 맞는 소리가 바깥까지 들렸다.

칼 그림자

13살 어린 새신랑이 장가가서 신부 집에서 첫날밤을 보내게 되었다.

왁자지껄하던 손님들도 모두 떠나고 신방에 신랑과 신부만 남자 다섯 살 위 신부가 따라주는 합환주를 마시고 어린 신랑은 촛불을 껐다.

신부의 옷고름을 풀어주어야 할 새신랑은 돌아앉아 우두커니 창만 바라보고 있었다. 보름달빛이 교교히 창을 하얗게 물들인 고요한 삼경에 신부의 침 삼키는 소리가 적막을 깨뜨렸다. 바로 그때 '서걱서걱' 창밖에서 음산한 소리가 나더니 달빛 머금은 창에 칼 그림자가 스치고 지나갔다.

어린 새신랑은 온몸에 소름이 돋고 아래위 이빨은 딱딱 부딪쳤다. 할머니한테 들었던 옛날 얘기가 생각났다. 첫날밤에 나이 든 신부의 간부인 중놈이 다락에서 튀어나와 어린 신랑을 칼로 찔러 죽여 뒷간에 빠뜨렸다는 얘기!

"시, 시, 신부는 빠, 빠, 빨리 부, 부, 불을 켜시오."

신부가 불을 켜자 어린 신랑은 사시나무 떨듯 와들와들 떨고 있었다. 신부 집은 발칵 뒤집혔다. 꿀물을 타온다, 우황청심환을 가지고 온다, 부산을 떠는데 새신랑은 자기가 데리고 온 하인 억쇠를 불렀다. 행랑방에서 신부 집 청지기와 함께 자던 억쇠가 불려왔다.

어느덧 동이 트자 새신랑은 억쇠가 고삐 잡은 당나귀를 타고 한걸음에 30리 밖 자기 집으로 가버렸다. 새신랑은 두 번 다시 신부 집에 발을 들여놓지 않았다. 춘하추동이 스무 번이나 바뀌며 세월은 속절없이 흘렀다. 그때 그 새신랑은 급제를 해서 벼슬길에 올랐고 새장가를 가서 아들딸에 손주까지 두고 옛일은 까마득히 망각의 강에 흘러 보내버렸다.

어느 가을날, 친구의 초청을 받아 그 집에서 푸짐한 술상을 받았다. 송이산적에 잘 익은 청주가 나왔다. 두 사람은 당시를 읊으며 주거니 받거니 술잔이 오갔다. 그날도 휘영청 달이 밝아 창호가 하얗게 달빛에 물들었는데 그때 '서걱서걱' 20년 전 첫날밤 신방에서 들었던 그 소리, 그리고 창호지에 어른거리는 칼 그림자! 그는 들고 있던 청주 잔을 떨어트리며

"저 소리, 저 그림자."

하고 벌벌 떨었다.

친구가 껄껄 웃으며

"이 사람아. 저 소리는 대나무 잎 스치는 소리고 저것은 대나무 잎 그림자야."

그는 얼어붙었다. 세상에 이럴 수가!

"맞아 바로 저 소리, 저 그림자였어. 그때 신방 밖에도 대나무가 있었지."

그는 실성한 사람처럼 친구 집을 나와 하인을 앞세워 밤새도록 나귀를 타고 삼경 녘에야 20년 전 처가에 다다랐다. 새 신부(?)는 뒤뜰 별당 채에서 그때까지 잠 못 들고 희미한 호롱불 아래서 물레를 돌리고 있었다.

그는 문을 열고

"부인!"

하고는 목이 메어 말을 잇지 못했다. 새 신부는 물레만 돌리며

"세월이 많이도 흘렀습니다."

그는 땅을 치며 회한의 눈물을 쏟았지만 세월을 엮어 물레만 돌리는 새신부의 주름살은 펼 수가 없었다.

벽력과 간통한 아내

　　　한 사대부가 부리는 여종을 간통하고자 일찍이 그 아내가 깊이 잠든 틈을 노려 몰래 여종의 처소로 들어갔다.

　그러나 번번이 그 아내가 잠을 깨어 뒤를 밟아 따라옴에 만사가 틀어지니 분하고 아쉬운 심정으로 스스로 생각하기를

　"악인은 지혜로써 굴복케 할 것이요, 위엄으로 제압하기 어렵구나."

　하고 탄식하였다.

　그러던 어느 날 뇌성벽력이 일고 비바람이 크게 일어 천지가 캄캄한지라, 이에 선비가 일부러 여종 처소로 가는 척하고 뒷간 옆에 숨어 있었다. 그 아내가 화가 잔뜩 나서 뒤를 밟아 나오던 중에, 마침 뇌성벽력이 바로 옆으로 떨어지니 부인이 혼비백산하여 정신이 혼미할 때, 선비가 폭풍우와 뇌성벽력 사이를 뚫고 처에게 달려들어 억센 손으로 부인의 고쟁이 벗기고 번갯불에 콩 구워먹듯 빠른 속도로

간통한 후에 방으로 돌아와 코를 골며 누워 자는척하였다.
그때 반쯤 넋이 나간 아내가 자는 남편을 툭툭 치며 한다
는 말이
"벼력도 수놈의 벽락이 있소"
하고 물으니 선비가 대답하기를
"어찌 벼력이라고 수놈이 없겠는가?"
하고 대답하니 아내가 그 말을 듣고 길게 탄식하며
"어이구, 이일을 어찌할까……."
하고 한탄해 마지않으며 다시는 여종의 처소로 가는 남편
의 뒤를 밟지 않았다.

붙잡혀가는 국사범

　　비가 주룩주룩 쏟아지는 밤에 비에 젖은 선비가 도화옥을 들어서는데 허우대가 멀쩡하고 이목구비는 뚜렷하였다. 촛불 아래서 낙수 소리를 들으며 오화춘과 나그네는 주거니 받거니 술을 마셨다. 대개 기생집에 와서 술 마시는 남자는 자기 근본을 치켜세우며 호기를 부리게 마련인데 이 남자는 자신의 신상에 대해서는 말 한마디 하지 않고 어딘가 모르게 무엇에 쫓기는지 찬모가 안주를 들고 와도 경계의 눈빛이 역력하였다.

　그날 밤, 도화는 나그네를 모시게 되었는데, 둘은 궁합이 맞아 밤새도록 운우의 정을 나눴다. 새벽녘에 깜빡 잠이 들었는데 눈을 떠보니 이미 해가 중천에 떠올라있었다. 나그네는 낭패의 기색을 보이며 넉넉하게 술값을 치르고 나서 물었다.

　"날이 어두워질 때까지 뒷방에 머물렀다 갈 수 없겠소?"

　도화는 웃으며 말했다.

　"서방님이 원하시면 한평생이라도."

그날 밤 떠나려는 나그네를 도화는 또 잡아 앉히고 술상을 차렸다. 밤늦도록 술을 마시고 금침을 깐 후 도화는 진하게 육탄공세를 퍼부었다. 도화는 가쁜 숨을 몰아쉬며 발가벗은 그대로 나그네 품에 안겨 베갯머리송사로 물었다.

"서방님 도대체 무얼 하는 사람이며 어디로 가는 길입니까?"

나그네는 마침내 말이 새지 말 것을 신신당부한 끝에 자신은 역적모의를 하다 수배 받고 있는 국사범이라는 걸 털어놓았다. 나그네가 잠든 사이 도화는 곧바로 사또에게 달려가 고발해버렸다.

꼼짝없이 붙잡힌 이 자는, 순순히 체포돼 가는 품이 만사를 체념한 것 같았다. 도중 호송군관에게 아부를 잘해 행동은 비교적 자유로워 마지막 작별인사나 하게 해달라고, 거쳐 가는 고을의 점찍어 놓았던 부잣집마다 저의 친척이라며 찾아들었다. 모두가 보니 군관에게 겹겹이 둘러싸여 끌려가는 중죄인인데, 물론 주인하고는 생면부지다. 영결하는 자리니 단둘이 만나게 해 달라 가지고는 부잣집 주인에게 협박을 한다.

"나는 국사범으로 이번에 가면 죽는 몸이야. 네놈을 연루자로 끌어넣을 테다."

가만있다가는 대단한 곤경을 치를 모양이라, 별도로 흥정이 오갔다.

"평양 아무에게로 몇 천 냥 표를 써줄 터이니 제발 그러지 마시오.”

이렇게 받아낸 여러 장의 돈표를 동지를 시켜 현금으로 받아 챙겼을 때쯤, 호송행렬은 평양에 닿았다.

감사가 잡아들여보니, 이런 죽일 놈이 있나? 감사의 종질로 집안의 종손이다.

노름판에 쫓아다니고 이 과부 저 과부 꼬아서 빌붙어 살고 부자 등쳐먹는 소문난 사기꾼으로, 역적이고 충신이고 국사에 끼어들 인물이 될 수 없는 녀석이다. 감사는 그놈이 사기를 친 줄 뻔히 알지만 잘못하면 집안의 치부가 드러날 것 같아 우선 옥에 가두어두고 국사범이 아니란 걸 밝힌 후 곤장 열대를 때려 내보냈다. 하여튼 스스로 국사범이 되어 잡혀가는 중죄인으로 꾸며서 한탕을 친 솜씨는 대단해 감사는 혀를 찼다.

후에 이일을 전해들은 사람들이 그 꾀에 박장대소를 하였다.

개밥그릇

　　　　나른한 한낮의 열기에 만물이 축 늘어져 있
는데 양반의 발 옆에 강아지 한마리가 게걸스럽게 밥을 먹
고 있었다. 무심코 내려다보던 양반의 눈길이 개밥그릇에
딱 멎었다. 먹다 남은 개밥이 말라붙고 또 말라붙어 꼬질
꼬질했지만 이게 보통 물건이 아니다. 가만히 다가가 자세
히 봤더니 연화문고려청자접시가 아닌가!

　강아지 옆으로 서너 걸음 떨어져 이 세 칸 초가집 주인인
듯 한 꾀죄죄한 사팔뜨기 노인네가 맷방석에 고추를 말리
고 있었다.

　양반은 얼른 앉았던 자리에 다시 앉아 눈길을 돌리고 장
죽을 꺼내 물었다. 횡재수가 생긴 지라 그의 가슴은 쿵쿵
뛰었다. 양반은 시치미를 떼고

　"노인장, 오늘은 더위가 대단합니다그려. 물 한 사발 얻
어 마실 수 있겠소이까?"

"그러시구려."

사팔뜨기 노인은 일어서서 자박자박 부엌으로 걸어가 물
한 사발을 떠왔다.

단숨에 물을 마신 양반은 다시 감나무 그늘에 앉아 올 농
사가 어떠냐는 둥 이 얘기 저 얘기 시시껄렁하게 노인에게
말을 걸다가

"이 강아지가 눈빛이 초롱초롱하니 싹이 보입니다그려."

사팔뜨기 노인은 대꾸도 없이 하던 일을 계속했다.

"이놈을 잘 훈련시키면 멧돼지 멱을 물고 늘어지겠는
데…."

강아지 머리를 쓰다듬던 양반은 사팔뜨기 노인을 보고

"이 강아지 제게 파시오. 후하게 값을 쳐줄 터이니."

노인은

"파는 강아지가 아닙니다요."

하고 하던 일에만 열중하는 것이 아닌가.

"노인장, 그러지 마시고 내 열 냥을 드리리다."

열 냥이면 개장수에게 팔려가는 가장 좋은 개 값이다.

"고개 넘어 장터에 가면 강아지 장수들이 널려 있으니 거
기 가서 사시오."

양반은 달아올랐다.

"스무 냥!"

사팔뜨기 노인은 고개를 젓는다.

"서른 냥!"

"마흔 냥!"

"쉰 냥 여기 있소이다. 이 강아지 데려갑니다!"

하던 일을 멈추고 일어선 노인이 쉰 냥을 받아 주머니에 넣으며

"별 양반 다 보겠네. 그 강아지가 그렇게 갖고 싶으면 데려가시오."

양반은 활짝 웃으며

"고맙소이다. 노인장."

양반이 강아지를 안고 슬그머니 개밥그릇도 집어 들자, 노인네가

"나는 강아지만 팔았지 밥그릇까지 판 것은 아니외다."

딱 부러지게 말하며 개밥그릇을 낚아챘다.

"이까짓 개밥그릇 끼워서 주지 않고…."

"이까짓 이라니, 연화문고려청자접시는 우리 집 가보요!"

양반이 땅이 꺼져라 한숨을 쉬고 떠나자 사팔뜨기 노인은 고개를 돌려 소리쳤다.

"애야, 낚싯밥이 떨어졌다."

며느리가 생글생글 웃으며 강아지 한 마리를 안고 나왔다.

이 얼마나 장사를 잘하는 노인인가?

부부지간은 몇 촌?

첩첩산중 강원도 정선 땅에 사냥을 업으로 사는 사람이 있었는데, 하루는 첩첩산중을 헤매던 중 풀숲에서 몸을 낮추는 짐승을 향해 활시위를 쏘고 부리나케 달려가 보니 아니 웬걸! 사냥꾼의 화살에 맞아 죽은 것은 짐승이 아니라 약초 캐던 노인이 아닌가. 사냥꾼은 노인의 시체를 정성껏 염해서 범바위 바로 아래 양지바른 곳에 묻고 나서 목마를 때 마시려고 차고 다니던 표주박의 막걸리를 따라놓고 눈물을 흘리며 절을 했다.

그러고 나서 자신도 소나무에 목을 매고 죽으려 했지만 눈앞에 아른거리는, 늦장가를 들어 얻은 외아들 개똥이와 아내 모습에 그만 올가미를 벗고 집으로 돌아왔다. 집으로 돌아온 후 한숨만 푹푹 쉬는 남편을 보고 부인이 무슨 일인가 하고 캐물으니 사냥꾼은 자초지종을 털어놓고 날이 새면 관가에 가서 자수해야겠다고 했다.

그 당시 살인자는 이유 여하를 막론하고 사형을 당하는 시절이라 부인이 펄쩍 뛰며

"여보, 하늘 아래 그걸 아는 건 우리 세 식구뿐이잖아요.
당신 없이 우린 어떻게 살라고…"
하며 울음을 터트렸다.

이튿날 아침, 늦게 일어난 사냥꾼 부인이 개밥을 주려고
누렁이를 찾았지만 끝내 보이지 않았으나 이 판국에 개 없
어진 것이 문제가 될 것인가.

그렇게 세월은 흘러 3년이 지났다. 그때 그 일은 모두 잊
어버리고 15세 개똥이는 아버지를 도와 사냥감을 몰고 아
버지는 목을 지키다가 활시위를 당겨 보는 족족 잡아 광
속엔 산짐승 모피가 가득했다.

그러던 어느 날, 사냥꾼 부자는 3일 동안 사냥을 하고 집
으로 돌아와 털썩 주저앉고 말았다. 광 속의 모피를 몽땅
털어 부인이 집을 나간 것이다.

사냥꾼 부자는 몇날 며칠 수소문 끝에 부인의 행방을 알
아냈다. 모피수집상과 눈이 맞아 정선 읍내에 새살림을 차
린 것이다.

사냥꾼 부자가 그 집을 찾아가
"네 이년, 당장 동헌으로 가자."
부인은 배시시 웃으며
"사또 앞으로 가자, 이 말씀이군요. 갑시다."
부인이 꼿꼿하게 대들자 사냥꾼은 가슴이 철렁 내려앉았
다. 3년 전 그 일이 떠오른 것이다. 동헌으로 가는 길에 개
똥이가 몰래 아버지 귀에 속삭였다.

"아버님 사또 앞에 가거든 절대로 그런 일 없다고 딱 잡아떼세요. 저만 믿으시고!"

그들은 사또 앞에 섰다.

부인이 앙칼지게 말했다.

"이 살인자하고 살 수 없어 제 발로 집을 나왔습니다."

하고 그동안의 일을 사또하게 고하니 사냥꾼이

"나는 짐승 잡는 사냥꾼이지 사람 잡는 망나니가 아닙니다."

하는 것이 아닌가.

이에 사또가 육방관속을 거느리고 사냥꾼 부인을 앞세워 범바위로 올라갔다. 포졸들이 땅을 파자 뼈가 나왔다. 이방이

"사또 나리 이것은 사람 뼈가 아니라 네발 달린 짐승 뼈이옵니다."

하고 고하니 사또가 화가 나서 소리쳤다.

"여봐라, 저년을 당장 옥에 가두고 간부도 잡아넣으렸다!"

일이 그렇게 마무리가 되고, 호롱불 아래 사냥꾼과 아들 개똥이가 마주 앉았다.

"어떻게 된 셈이냐?"

사냥꾼이 물었다.

3년 전

"그날 밤, 아버지 어머니께서 잠드신 후 몰래 범바위로 올

라가 시체를 파내어 멀리 뒷산에 묻고 따라온 우리 집 개를 잡아 그 자리에 묻었습니다. 부부지간은 촌수가 없습니다. 촌수도 없을 만큼 가까울 수도 있고 촌수도 없을 만큼 남남일 수도 있습니다."

돌아온 산삼

어느 산골마을에 사는 나무꾼 박씨는 걱정이 태산이었다. 혼기를 한참이나 넘긴 딸이 올해는 가겠지 했는데 또 한해가 속절없이 흘러 딸애는 또 한살 더 먹어 스물두 살이 되었기 때문이다. 살림이라도 넉넉했으면 진작 갔겠지만 살림마저도 넉넉지가 않았기 때문이었다.

일 년 열두 달 명절과 날씨가 좋지 않은 날만 빼고는 하루도 빠짐없이 산에 올라 나무를 베서 장에 내다 팔지만 세 식구 입에 풀칠하기도 바빴다.

가끔씩 매파가 와서 중매를 서지만 혼수 흉내 낼 돈도 없어 한숨만 토하다 보낸 적이 한두 번이 아니었다. 세상에 법 없어도 살아갈 착한 박씨지만 한평생 배운 것이라고는 나무장사뿐인데 요즘은 몸도 젊은 시절과 달라 힘에 부쳐 나무 짐도 점점 작아졌다.

어느 눈이 펄펄 오는 날, 박씨는 지게에 도끼를 얹고 산으로 갔다.

화력 좋은 굴참나무를 찾아 헤매던 박씨의 눈에 새하얀 눈위로 새빨간 산삼 열매가 보석처럼 반짝이고 있는 것이 아닌가. 박씨가 100년 묵은 산삼 한 뿌리를 캤다는 소문은 금방 저잣거리에 퍼져 약재상들이 찾아왔다.

"박씨, 산삼을 들고 주막으로 가세. 천석꾼 부자 김참봉이 기다리고 있네."

박씨는 이끼로 싼 산삼을 보자기에 싸들고 약재상을 따라 저잣거리 주막으로 갔다. 김참봉과 그의 수하들이 술상을 차려놓고 박씨를 기다리고 주막을 제집처럼 여기는 노름꾼들, 껄렁패들도 산삼을 구경하려고 몰려들었다.

마침내 박씨가 보자기를 풀자 100년생 동자산삼이 그 모습을 드러냈다. 와~ 하고 모두가 탄성을 지를 때 누군가 번개처럼 산삼을 낚아채더니 와그작와그작 하고 씹어 먹는 것이 아닌가.

주막은 아수라장이 되었다. 김참봉의 수하들이 산삼도둑의 멱살을 잡아 올려보니 폐병으로 콜록콜록 하는 노름쟁이 허생이었다. 제대로 노름판에 끼지도 못하고 뒷전에서 심부름이나 하고 고리나 뜯는, 집도 절도 없는 젊은 놈팡이 허생은 코피가 터지고 입술은 탱탱 부어오른 채 김참봉 수하들에 의해 방바닥에 구겨져 있었다.

화가 머리끝까지 난 김참봉은 수하들에게

"이놈을 포박해서 우리 집으로 끌고 가렸다. 이놈의 배를 갈라 산삼을 끄집어 낼 테다."

하는 일갈에 허생은 사색이 되었다. 바로 그때 마음씨 착한 박씨가 그런 허생이 불쌍해 보여 나섰다.

"참봉어른, 아직까지 허생의 뱃속에 있는 그 산삼은 제 것입니다요. 이놈의 배를 째든지 통째로 삶든지 제가 하겠습니다."

하고 말하니 듣고 보니 그 말이 맞는 것이 아닌가. 김참봉은 산삼을 사지 못한 것은 아쉬운 일이나 돈 들일이 없으니 손해볼 것도 아니어서 아쉬운 마음을 접고 돌아갔다.

박씨는 허생을 데리고 나와 동구 밖에서 그를 풀어줬다. 눈밭 속으로 허생이 사라진 후 아무도 그를 본 사람은 없었다.

박씨는 막걸리 한 사발을 마시며 크게 한숨을 토했다.

"그걸 팔아 딸애 시집보내려 했는데… 배를 짼들 산삼이 멀쩡할까, 내 팔자에 웬 그런 복이…."

3년의 세월이 흐른 어느 봄날, 예나 다름없이 박씨가 나뭇짐을 지고 산을 내려와 집마당으로 들어오니 갓을 쓰고 비단두루마기를 입은 젊은이가 넙죽 절을 하는 게 아닌가.

"소인 허생입니다."

피골이 상접했던 모습은 어디 가고 얼굴에 살이 오르고 어깨가 떡 벌어져 다른 사람이 되어 있었다. 허생은 산삼을 먹고 폐병이 완치돼 마포나루터에 진을 치고 장사판에 뛰어들어 거상이 되었다.

꽃 피고 새 우는 화창한 봄날, 허생과 박씨 딸이 혼례를 올렸다. 박씨는 더 이상 나무지게를 지지 않고 저잣거리 대궐 같은 기와집에 하인을 두고 살았다. 후에 사람들이 박씨의 착한 마음이 복을 가져왔다고들 칭찬을 하였다.

빌려준 씨앗 돌려주오

어느 마을에 오가와 이가가 살았는데 앞뒷집에 사는 데다 동갑이라 어릴 때부터 네 집 내 집이 따로 없이 형제처럼 함께 뒹굴며 자랐다. 둘 다 비슷한 시기에 장가를 들었지만 오가 마누라는 아들을 쑥쑥 뽑아내는데 뒷집 이가네는 아들이고 딸이고 감감무소식이라. 의원을 찾아 온갖 약을 지어 먹었지만 백약이 무효였다.

설이 다가와 두 사람은 대목장을 보러갔다. 오가가 아이들 신발도 사고, 아이들이 뚫어놓은 문에 새로 바를 창호지도 사는 걸 이가는 부럽게 바라봤다. 대목장을 다 본 두 사람은 대폿집에 들러 거하게 막걸리 잔을 나누고 집으로 돌아왔다. 앞집 오가네 아들 셋은 동구 밖까지 나와 아버지 보따리를 나눠들고 집으로 들어가 떠들썩하게 자기 신발을 신어보고 야단인데 뒷집 이가네는 적막강산이었다.

제수를 부엌에 던진 이가는 창호를 손으로 뜯으며

"이놈의 문은 3년이 가도 5년이 가도 구멍 하나 안 나니…"

라고 소리치다 발을 뻗치고 울었다. 이 소리를 들은 이가 마누라도 부엌에서 앞치마를 흠씬 적셨다.

바쁜 설날 여자들은 눈코 뜰 새 없이 바쁜 날을 보내고 있었다. 꼭두새벽부터 차례 상 차린다, 세배꾼들 상 차린다, 친척들 술상 차린다…, 정신이 없었다. 설날 저녁, 주막에서는 동네 남정네들의 윷판이 벌어졌다. 이가는 오가를 뒷방으로 끌고 가 호젓이 단둘이서 술상을 마주했다. 이가가 오가의 손을 두 손으로 덥석 잡고 애원했다.

"내 청을 뿌리치지 말게."

"무슨 일인가, 자네를 위한 일이면 무엇이든 하겠네."

이가가 오가의 귀에 대고 소곤거리자 오가는 화들짝 놀라 손을 저으며 말했다.

"그건 안 돼, 그건 안 되네."

이가는 울상이 돼 말했다.

"이 사람아, 하루 이틀에 나온 생각이 아닐세. 천지신명과 자네와 나, 이렇게 셋만이 아는 일. 내가 불쌍하지도 않은가."

이가는 통사정을 하고 오가는 고개를 푹 숙이고 있다가 연거푸 동동주 석잔을 들이켰다. 밤은 깊어 삼경인데 피곤에 절어 이가 마누라는 안방에서 곯아떨어졌다. 안방 문을 열고 슬며시 들어와 옷을 벗고 이가 마누라를 껴안은 사람은 이가가 아니라 오가였다. 확 풍기는 술 냄새에 고개를 돌리고 잠에 취해 비몽사몽간에 고쟁이도 안 벗은 채 이가 마누라는 다리를 벌리고 일을 치렀다.

 이가 마누라가 다시 깊은 잠 속으로 빠진 걸 보고 오가는 슬며시 안방에서 빠져 나오고 이가가 들어갔다. 그 일이 있은 후 이가 마누라는 입덧을 하더니 추수가 끝나자 달덩이 같은 아들을 낳았다. 이가 마누라는 감격에 겨워 흐느껴 울었다.

 어렵게 얻은 아들이 서당을 다니면서 근동에 신동이 났다고 소문이 자자했다. 오가는 틈만 나면 담 너머로 이가 아들을 물끄러미 쳐다봤다. 오가가 어느 날 서당에 들렀더니 훈장은 출타하고 일곱 살 난 이가 아들이 훈장을 대신해 학동들에게 소학을 가르치고 있었다. 학동들 사이엔 열살, 열두 살, 열다섯 살인 오가 아들 셋도 끼어 있었다.

 어느 날 이가와 오가가 장에 가는데, 길에서 만난 훈장이 이가를 보고

"아들이 천재요, 내년엔 초시를 보도록 합시다."

 하고 말하는 것이 아닌가.

 오가는 속이 뒤집혔다. 며칠 후 오가가 이가를 데리고 주막에 가서 벌컥벌컥 술을 마시더니 느닷없이 말했다.

"내 아들, 돌려주게."

 하고 오가가 말하자 그 말이 이가의 가슴에 비수처럼 꽂혔다. 몇날 며칠을 두고 둘은 멱살잡이를 하다가 술잔을 놓고 밤새도록 말다툼을 하다가 마침내 사또 앞까지 가는 송

사가 됐다. 오가는 천륜을 앞세우고 이가는 약조를 앞세우며 서로 한 치도 물러서지 않았다. 사또도 선뜻 결정할 수가 없었다. 사또가 이가 아들을 데려오게 해서 자초지종을 다 얘기하고 나서 사또가 물었다.

"네 생각은 어떠냐?"

하고 물으니 일곱 살 난 이가의 아들이 하늘을 쳐다보고 눈물을 훔치더니 말했다.

"지난봄에 모심기 할 때 앞집에서 모가 모자라 우리 집 남는 모를 얻어가 심었습니다. 가을 추수할 때 우리 집에서는 앞집에 대고 우리 모를 심어 추수한 나락을 내놓으라 하지 않았습니다."

아이의 말이 끝나자마자 사또는 큰소리로 말했다.

"재판 끝! 오가는 들어라, 앞으로 두 번 다시 그런 헛소리를 할 땐 곤장을 각오하라."

"아버지, 집으로 갑시다."

아들의 손을 잡고 집으로 가며 이가는 눈물이 앞을 가려 몇 번이나 걸음을 멈췄었다고 한다.

명주 고름

어느 주막의 여주인이, 손님에게 저녁에 술밥까지 대접하고 잠이 깊이 들었는데 서방이 한밤중에 밖에서 들어와 곁에 누우며 그 짓을 요구하니까, 이 마누라 하는 말이

"금방 그러고 왜 잠도 못 자게 그래요."

하는 게 아닌가. 서방은 지금 들어왔는데 누구랑 그 짓을 했단 말인가 손님 중의 누군가의 짓이라. 이튿날 손님들을 떠나지 못하게 붙들어놓고 관에 고발하였다.

우선 손님 셋을 옥에 가뒀는데 청년 장년 노인이었다. 원님은 현장을 잡은 것도 아니어서 판별하기 어려운 문제라 골치를 아팠다. 점심을 먹으러 내아에 들어서도 밥상 앞에서 골똘히 생각하자 부인이 무슨 걱정이냐고 물었다. 원님이 이런저런 사건의 고발을 어떻게 처리할지 모르겠다고 말했더니 부인이 손수 관가의 옥으로 가서 갇혀 있는 세 사람을 보고 돌아오더니

"그것은 어려운 일이 아닙니다."

하며 이렇게 이렇게 하라고 원님에게 가르쳐줬다. 원님은 점심상을 얼른 물리고 동헌으로 나가 주모를 불렀다.

"주모에게 묻노라. 어두워서 얼굴은 못 봤을 것이니 솔직하게 느꼈던 대로 말하라! 쇠꼬챙이로 찌르는 것 같더냐? 아니면 절굿공이로 짓찧는 것 같더냐? 명주 고름으로 문지르는 것 같더냐?"

주막쟁이라도 여자 체면에 낯이 홍당무가 되면서 대답한다.

"아주 곱상하니 명주 고름으로 문지르는 것 같았습니다."

"제 서방하고 다르거든 그때 무슨 조치를 차릴 것이지. 여봐라! 저 늙은이를…"

청년, 장년, 노인 숙박객 중 늙은이를 형틀에 올려 매고 곤장을 안기니까 애고대고 엄살을 부리며 자복을 한다.

"여염 사람도 아니고 그 짓을 했거든 값을 치르고 떠날 것이지 고을 안을 시끄럽게 한단 말이냐?"

그리하여 상당한 금액을 치르고 일은 마무리가 되었다. 그런데 이렇게 되고 보니 사또는 부인이 의심스러웠다.

이런 줄도 모르고 부인은 자신이 사건을 명쾌하게 해결해줬으니 칭찬을 들을 줄 알았는데, 퇴청해서 집에 들어온 원님은 싸늘하니 부인에게 눈길 한번 주지 않는 것이었다. 부인이 어떻게 되었느냐고 물어도 대답이 없다.

"여봐라, 밖에 누가 없느냐?"

원님은 하인을 불러 금침을 동헌 침방으로 옮기라 일렀

다. 저녁상을 물리고 난 원님은 혼자서 동헌으로 가버렸다. 무슨 영문인지 몰라 어리둥절하던 부인이 곰곰이 생각하다가 무릎을 쳤다. 부인은 호롱불을 들고 동헌 침방으로 갔다. 원님은 혼자서 술을 마시고 있었다.

"이실직고 하겠습니다. 저는 쇠꼬챙이에 찔려도 봤고 절굿공이에 짓찧어져도 봤고 명주 고름에 문질려도 봤습니다. 쇠꼬챙이에 찔린 것은 40년 전이었고 절굿공이에 짓찧어져본 것은 20년 전이었고 명주 고름 맞은 근년이옵니다."

회갑을 넘긴 원님은 부인을 의심했던 게 부끄러워 불을 끄고 오랜만에 부인을 쓰러뜨렸다. 동헌의 침방은 색다른 분위기라 운우의 정이 격렬했다.

"서방님, 절굿공이로 돌아왔습니다."

이 일을 전해들은 사람들이 한바탕 크게 웃더라.

포목점 왕집사

　　박참봉은 상주에서 으뜸가는 부자다. 호탕
한 성격의 박참봉은 돈벌이에 매달려 골치를 썩이지 않았
다. 농사일은 이집사에게 맡기고 포목점은 왕집사, 해산물
도매는 남집사, 소금 도매는 김집사에게 각각 맡기고 박참
봉은 주로 선비들과 어울려 풍류를 즐겼다. 박참봉은 애첩
매월이에게 맡겨 널찍한 요리집도 운영했다.
　한해를 마무리 하는 결산일이 되었다. 집사들은 모두 장
부를 가지고 요리집으로 모여 박참봉 앞에서 한 해 영업실
적을 보고했다. 농사 담당 이집사는 작황을 보고하며 올
가을에도 천석은 문제없다고 큰소리 치고, 해산물 도매 남
집사는 한해 이익이 천 이백 오십 냥이 났다고 보고하고,
소금 도매 김집사도 칠백 이십 냥 흑자를 보고하는데, 포
목점 왕집사는 삼백 사십 냥 적자를 보고했다. 이유인즉슨
백부상에 다녀왔더니 창고에 엽연초 연기소독을 하지 않
아 쌓아둔 포목에 좀이 슬었기 때문이라며 자신의 불찰이
라 고개 숙였다.
　박참봉은

"싸움에 이기고 지는 것은 병가지상사요, 장사에 돈 벌고 밑지는 것은 상가지상사요."

하고 껄껄 웃으며 왕집사의 어깨를 두드렸다.

결산이 끝난 후 질펀한 술판이 벌어졌다.

박참봉이 돌리는 매실주·감로주·인삼주에 모두가 대취했을 때 한줄기 바람이 불어와 촛불을 꺼버렸다. 그때

"엄마야"

하는 박참봉 애첩, 매월의 비명이 들리고 곧이어 불이 켜지고 술판은 이어졌다.

이튿날 아침, 매월이 꿀물을 타서 박참봉에게 들고 왔다.

"나으리 소첩이 어젯밤에 왜 비명을 질렀는지 아십니까? 왕집사라는 인간이 포목점도 적자 낸 주제에 불이 꺼지자 소첩의 허벅지에 손이 들어오지 뭡니까."

박참봉은 허허 웃으며

"매월의 허벅지에 들어간 손은 왕집사 손이 아니고 내 손이야."

박참봉은 왕집사 짓이란 걸 알았지만 덮어버렸다.

상주고을에 돈을 주고 벼슬을 산 악덕 원님이 새로 부임했는데, 박참봉을 들들 볶기 시작했다. 돈을 바쳐도 밑 빠진 독에 물 붓기더니 급기야 소금 도매상과 건어물 도매상을 원님의 종형에게 넘기라 협박했다. 거절한 지 닷새 만에 박참봉은 옥에 갇혔다. 가을이 두 번이나 바뀌고 박참봉이

출옥했을 때 옥사 앞에 왕집사가 생두부를 들고 기다렸다. 부인은 친정으로 가버렸고 매월이는 원님의 애첩이 되어 있었고 이집사는 논을 다 팔아먹고 도망갔고 남집사와 김집사도 해산물 도매상과 소금 도매상을 헐값에 원님 종형에게 팔고 도망가 버렸다.

그날 밤 촛불 아래서 왕집사가 장부를 펼쳤다.

"아직도 참봉 어른은 부자이십니다. 2년 동안 포목점 이익이 이만 칠천 백 오십 냥입니다."

허허 웃는 박참봉의 두 눈에 눈물이 고였다.

엄마는 뭘 모르시네!

옛날 어느 시골의 한 선비가 사람은 좀 어리석었으나 집안은 넉넉한 편이어서 행복하게 살고 있었다. 그런데 이 선비가 여색을 매우 밝히는 편이었다.

선비의 집에는 꽃다운 나이인 16세의 한 여종이 있었다. 이 여종은 어릴 때부터 안방마님이 꼭 끼고 살아 그 나이가 되도록 대문 밖에도 나가보지 않았으니 양갓집 규수와 다름없었고, 얼굴 또한 매우 예뻤다. 그래서 선비는 늘 그 여종하고 사랑을 나눠 보고 싶어 했으나, 잠시도 부인 곁을 떠나지 않아 뜻을 이루지 못하여 병이 날 지경에 이르렀다. 그러다 마침내 한 가지 계책을 생각해 냈으니….

어느 날 이웃 친구인 박의원을 찾아가서 자기의 사정을 얘기하고 계책을 설명했다.

"내가 마치 병든 것처럼 누워 뒹굴 테니, 자네가 이러저러하게 잘 주선해 주면 좋겠네."

이에 의원은 쿵짝이 맞아서 쾌히 승낙하여, 생원은 기뻐하면서 집으로 돌아왔다.

며칠 후, 생원은 갑자기 몸이 아프다며 밤새 배를 잡고 뒹구는 것이었다. 이에 놀란 집안사람들이 자고 있는 아들의 방으로 달려가, 어르신이 갑자기 복통을 일으켜 위중하다고 알렸다. 그러자 아들은 놀라 걱정하면서 달려와 병세를 살피니, 선비는 연신 앓는 소리를 내면서 말했다.

"얘야, 내가 왜 이런지 모르겠구나. 온몸이 아리고 한기가 들어 견딜 수가 없구나."

하니 아들은 곧바로 박의원에게 달려가 상황을 설명하고 진맥을 요청했다. 이에 의원이 진맥을 하고 밖으로 나오자 초조한 마음으로 기다리던 아들은 뒤를 따라 나와서 물었다.

"내가 수일 전 만났을 때는 아무 일도 없는 것 같았는데, 어쩌다 이리 위중해졌는지 모르겠구먼. 노인의 맥박이 이래서야 나로서는 어찌할 방도가 없으니 다른 명의를 찾아가 의논해 보는 게 좋겠네."

하자, 아들은 크게 놀라 의원의 손을 붙잡고 매달렸다.

"어르신보다 나은 의원이 어디 있겠습니까. 또한 어르신은 만큼 부친을 잘 아시는 분이 어디 있겠습니까? 부디 방도를 알려주십시오."

이에 의원은 한참 동안 생각에 잠기더니 이윽고 입을 열었다.

"어떤 약도 효험은 없을 것 같으나, 딱 한 가지 방도가 있기는 하네. 하지만 그것을 처방하기가 쉽지 않을 걸세. 또,

잘못 쓰면 도리어 해가 되니 이게 걱정이구먼."

"어르신, 그 약이 비록 구하기 어렵다 해도 말씀만 해주시면 백방으로 찾아보겠습니다."

아들이 사정하니 의원은 또다시 한동안 머뭇거리다가, 마침내 다음 같이 일러 주는 것이었다.

"자네 부친의 병은 한기(寒氣)가 가슴에 꽉 맺혀 생긴 거라네. 그러니 방을 덥게 하여 병풍을 치고, 십육 칠 세 되는 숫처녀를 들여보내 가슴팍을 서로 맞대고 누워서 땀을 푹 내면 나을 걸세. 그 밖에 다른 방도는 없다네. 다만, 숫처녀라 하더라도 천한 것들은 믿을 수가 없으니 오로지 양가집 처녀라야 하겠는데, 어찌 그런 사람을 구할 수가 있겠는가? 그것이 매우 어려운 일일세."

이 때 방밖에서 그의 모친이 듣고 있다가 급히 아들을 불러서, 의원이 말하는 약은 구하기 어렵지 않다며 이렇게 설명하는 것이었다.

"내가 데리고 있는 여종은 어릴 때부터 내 이불 속에서 자랐고 지금까지 문밖을 나가보지 않았으니 양가 규수와 다름없고 나이 또한 금년 16세라, 만약 숫처녀를 구한다면 이 아이를 약으로 쓰기에 적당할 것 같구나."

이에 아들은 크게 기뻐하며 방으로 들어가서 의원에게 말하고 부친에게도 알리니, 생원은 짐짓 놀라는 척하면서도,

"박의원의 말이 그러하다면 한번 시험해 볼 만 하겠구나."

라면서 슬그머니 승낙하는 척하는 것이었다.

그날 밤 아들은 병풍을 치고 방을 따뜻하게 한 다음, 여종의 옷을 벗겨 부친의 이불 속으로 들여보내고는 문을 닫고 나왔다. 그런데 모친은 과연 병이 나을지 걱정되어 방밖에서 살피고 있었다.

이 때 생원이 여종과 한바탕 정사를 치르며 몰아쉬는 숨소리와 즐기는 소리가 들려오는 것이 아닌가. 그러자 모친은 혀를 차면서 안방으로 들어가며 퉁명스럽게 말했다.

"흥, 저것이 가슴을 맞대고 땀을 흘리는 약이란 말인가? 저런 치료라면 나하고 해도 충분히 되겠구먼."

그러자 뒤따르던 아들이 모친을 향해 눈을 흘기면서 말했다.

"어머니는 어찌하여 그런 말씀을 하십니까? 어머니가 어디 숫처녀입니까?"

뒷날 사람들이 이 이야기를 전해 듣고는 배를 잡고 웃었다고 한다.

가난한 집 며느리의 지혜

새색시가 시집이라고 와보니 살림살이가 말이 아니다.

신랑은 서당에 다니며 공부에 매달렸고 시아버지란 사람은 골난 양반에 까짓것 초시라고 사랑방에서 양반다리를 꼬고 앉아 오가는 선비들 다 끌어 모아 밥 주고 술 주며 살림만 축내고 있었다. 조상한테서 문전옥답 토실하게 물려 받았지만 매년 한자리씩 팔아치워 앞으로 4~5년이면 알거지가 될 판이다.

어느 날, 며느리가 들에 갔다 집에 오니 사랑방에 시아버지 글 친구들이 잔뜩 모여 있었다.

"애야, 술상 좀 차려 오너라."

며느리는 부엌에 들어가 낫으로 삼단 같은 머리를 싹둑 잘라 머슴에게 건네며 그걸 팔아 술과 고기를 사오라 일렀다. 그걸 받아든 머슴은 사색이 되어 사랑방으로 가 시아버지에게 보였다. 사랑방에 싸늘한 침묵이 흘렀다. 글 친구들은 슬슬 떠나고 시아버지는 혼자 남아 애꿎은 담배만 피워댔다.

벌벌 떨고 있는 머슴에게서 머리카락을 싼 보자기를 빼앗아 든 며느리는 저잣거리로 나갔다. 돌아오는 며느리의 손에는 삐약삐약 우는 병아리 서른 마리가 들려있었다. 며느리는 손수 닭 집도 짓고 도랑을 파서 지렁이를 잡아 먹이며 정성껏 키웠다.

봄이 됐을 땐 그간 족제비와 병으로 죽은 몇 마리를 제외하고 살아남은 병아리들은 토실하게 자라 중닭이 됐다. 가을이 되면 수탉도 팔고 암탉이 낳는 달걀도 팔 꿈에 부풀어 있던 어느 날 장보러 왔던 친정아버지가 찾아왔다.

며느리 눈치를 보던 시아버지는 신이 났다.

"얘야, 사돈 오셨다. 닭 한 마리 잡아서 술상 좀 차려라."

며느리가 닭을 잡으려고 좁쌀 한줌을 쥐고 마당에 뿌리며

"구구~"

하자 닭들은 놀라서 화다닥 울타리 밖으로 줄행랑을 쳐버렸다.

며느리가 닭을 잡으려고 이리 뛰고 저리 뛰는 걸 보다 못한 시아버지가 나왔다.

쌀독에서 쌀을 한줌 쥐고 나와 뿌리며

"구구~"

외치자 닭들은 장독대로, 지붕으로 날아올라 도망쳐 버리는 게 아닌가.

"구구~"

를 계속 외치며 닭들을 뒤쫓느라 구덩이에 빠지고 돌부리

에 걸려 넘어지고 가시에 찔려 시아버지의 몰골이 말이 아니었다. 저녁나절 닭장에 들어오면 잡겠다고 닭장 안에 쌀을 뿌리며

"구구~"

외치자 닭들은 모두 마당 옆 감나무로 올라가 가지에 앉아 밤을 샐 작정인거라.

결국 사돈은 빈 입으로 떠나갔다. 시아버지는 화가 치밀어 이놈의 닭들 다 잡아버리겠다고 장창을 써봤지만 며느리가 머리 잘라 산 걸 그가 어쩌겠는가. 이튿날 시아버지가 마실가고 없을 때 며느리가 겉보리를 마당에 뿌리며

"훠이, 훠이~"

외치자 닭들이 몰려들어 그녀 발밑에서 모이를 쪼아 먹는 것이었다.

현명한 며느리는 닭들이 모이를 다 먹자 훈련시키는 걸 잊지 않았다. 부지깽이로 닭들을 후려치며

"구구~"

하고 외쳤다.

'구구' 소리를 듣자마자 닭들은 줄행랑을 쳤다.

후에 이 일을 안 사람들이 박장대소를 하였다고 한다.

세 며느리의 축수를 받다

 옛날 한 노인이 회갑을 맞이하여 자식들이 잔을 올리면서 헌수를 하는 것이었다. 먼저 맏며느리가 잔을 올리니 노인은 말했다.

"내 이렇게 오래 살고 복이 많으니, 너희들은 지금 내게 잔을 올리면서 좋은 덕담(德談) 한마디씩 하는 것이 옳으니라."

그러자 며느리가 잔을 들고 꿇어앉아 공손히 아뢰었다.

"아버님은 지금부터 천황씨(天皇氏)가 되시옵소서."

노인이 무슨 뜻이냐고 물으니, 며느리의 설명은 이러했다.

"아버님! 옛날 책에 의하면 천황씨는 1만 8천세를 살았다 하오니 아버님께서도 그와 같이 오래 사시라는 뜻이옵니다."

그 말에 노인은 매우 기뻐했다. 이어서 둘째 며느리가 역시 꿇어앉아 공손히 잔을 올리며 아뢰었다.

"아버님은 지황씨(地皇氏)가 되시옵소서."

시아버지가 또한 그 뜻을 물었고, 둘째 며느리도 지황씨 역시 1만 8천세를 살았다고 하니 아버님도 그렇게 오래 사시라는 뜻이라고 설명을 드렸다.

이에 노인은 온 얼굴에 미소를 띠며 기뻐하는데, 마지막 셋째 며느리가 꿇어앉아 잔을 올리면서 이렇게 아뢰었다.

"아버님, 원하옵건대 남자의 양근(陽根)이 되소서."

노인이 놀라는 표정을 지으면서 그 까닭을 물으니, 셋째 며느리의 설명은 이러했다.

"아버님, 남자의 양근은 죽었다가도 다시 살아나지 않사옵니까? 그러하오니 아버님께서도 이 양근처럼 늘 다시 살아나신다면, 장생불사(長生不死)하여 영원히 오래 사실 수 있으므로 말씀드린 것이옵나이다."

"죽었다가도 살아난다니 네 말 또한 매우 좋구나."

이에 노인이 무릎을 치며 기뻐하자 일제히 한바탕 웃더라.

개도 풀무질하네!

　　　　　　　한 사람이 별로 하는 일 없이 집에 있으면서, 생각날 때마다 밤낮 가리지 않고 아내와 옷을 벗어 재미를 보곤 했다.

　하루는 대낮에 아내와 더불어 화합하여 바야흐로 운우(雲雨)가 한창 질펀하고 몽롱할 때, 밖에서 놀던 대여섯 살짜리 아이가 갑자기 문을 확 열고 들어왔다.

　이에 놀란 남편이 당황해하며 어떻게 할 수가 없어 그대로 엎드려 손을 저으면서 이렇게 타일렀다.

　"애야, 어서 문 닫고 좀 더 놀다 오너라."

　이 때 아이가 그 모습이 못 보던 것이라 물었다.

　"아부지 엄마는 지금 뭘 하는 거예요? 그게 뭔지 자세히 가르쳐 주지 않으면 나가 놀지 않을래요."

　그러자 아빠가 대충 '풀무질' 하는 거라고 설명해 주자 아이는 문을 닫고 나갔다.

　그 때 마침 한 손님이 찾아와 물었다.

　"너의 아버님 지금 집에 계시냐?"

　이에 아이가 지금 방에 있다고 대답하자 손님은 다시 안에서 뭘 하느냐고 물었고, 아이는 조금 전 들은 대로 대답했다.

"아버지는 지금 방안에서 풀무질하고 있어요."

손님은 미처 그것이 무슨 일인지 깨닫지 못하고 다시 아이에게 물었는데, 때마침 뜰에서 암수 두 마리 개가 방사를 하면서 수캐가 암캐의 엉덩이 위에 올라타 있는 것이 보였다. 그러자 아이는 급히 그것을 가리키며 소리쳤다.

"손님, 손님, 저 개도 역시 풀무질을 하고 있네요."

그때서야 손님은 비로소 풀무질이 무엇인지 깨닫고 손뼉을 치며 웃었다. 방에서 나온 아이 아버지도 친구로부터 이 이야기를 듣고는 함께 한바탕 웃었다.

기세 등등 구월이

어느 고을에 정력이 좋은 대감이 살았는데 요즘 들어 이상하게 대감이 안방 행차를 않는 것이다. 밤이면 밤마다 한 번씩은 안방을 찾고 친구들과 술이라도 걸친 날은 이틀 만에도 찾아와 옷고름을 풀어주던 대감이 마님을 찾아온 지가 까마득한 것이다.

좀이 쑤신 마님이 늦은 밤 부엌에서 뒷물을 하고 분을 바르고 간단한 술상을 차려 안마당을 건너 대감 사랑방으로 갔다. 부스스 일어난 대감은 고뿔 기운이 있다며 술잔도 받지 않고 땡감 씹은 표정으로 술상의 젓가락조차 잡지 않았다.

"푹 주무십시오."

마님은 대감에게 한마디 던지고 무안하게 술상을 들고 안방으로 돌아와 혼자서 한숨을 안주삼아 술 주전자를 다 비워버렸다. 대감이 정말 고뿔 기운으로 나를 찾지 않는 건가? 어디 첩이라도 얻은 건가? 별 생각을 다하다 동창이 밝았다.

그런데 며칠 뒤 우연한 기회에 수수께끼가 풀렸는데 마님이 속이 안 좋아 뒷간에 가려고 일어났더니 밤은 깊어 삼경인데 교교한 달빛 아래 번개처럼 안마당을 스쳐가는 인기척을 보고 살며시 뒤따라가 보니 대감방으로 들어가는 것이 아닌가.

대감방 밖에서 귀를 쫑긋 세우고 들어보니 구월이년의 비음이 새나오는 것이 아닌가. 안 그래도 요즘 부엌데기 구월이년이 엉덩이에 육덕이 오르고 눈웃음에 색기가 올라 하인들이 군침을 흘리는 걸 안방마님은 못마땅한 눈으로 지켜봤다.

화가 머리끝까지 났지만 마님 체면에 구월이를 족칠 수도 없고 그렇다고 대감을 족칠 수도 없고 마님은 부글부글 속만 끓이고 있었다.

밤이 되자 마님은 잠도 안자고 구월이를 지켰다. 그런 날은 구월이도 꼼짝하지 않았다.

어느 날 대감이 싸리재 넘어 잔칫집에 갔다가 밤중에 돌아오더니 마당에 마중 나온 마님에게 말했다.

"부인, 구월이 내 방으로 보내시오, 다리 좀 주무르게."

속이 뒤집어졌지만 보내지 않을 수 없었다. 구월이년이 이제는 마님을 대하는 태도도 달라졌다. 고개를 꼿꼿이 쳐들고 성큼성큼 대감 방으로 들어가 문을 '쾅' 하고 닫는 것이다.

얼마나 지났을까 마님이 발뒤꿈치를 들고 대감 방문 앞에서 귀를 세우는데 '쾅' 문이 열리며 구월이년 한다는 말이.

"들어와서 보세요."

얼굴이 벌겋게 달아올라 안방으로 돌아온 마님은 냉수를 벌컥벌컥 들이켰다.

"너, 국에다 소금가마니를 삶았냐! 간이 이게 뭐냐. 쯧쯧, 없는 집에서 자라 모든 반찬이 소태야 소태."

마님은 구월이에게 사사건건 시비를 걸었다.

"너는 도대체 제대로 하는 게 없어."

한쪽 귀로 흘려듣던 구월이년도 참다못해 반격을 가해왔다.

"제가 마님보다 못하는 게 뭐가 있지요? 대감어른이 그리시는데 바느질도 제가 낫고 음식솜씨도 제가 낫다고 합디다."

"이년이 못하는 말이 없구나. 당장 이 집에서 나가거라."

"나가라면 못 나갈 줄 알고요."

구월이년이 보따리를 싸들고 나서면서 고개를 홱 돌리며 말하기를.

"대감마님 말씀이 이부자리 속 요분질도 제가 훨씬 낫다고 합디다."

그리고는 한참 뜸을 들이다 구월이년이 음흉한 미소를 지으며 말했다.

"마당쇠도 제가 훨씬 낫다고 합디다. 뭐."

이 말을 들은 마님은 사색이 되어 버선발로 달려 나가 구월이 년를 잡고 안방으로 밀며 비단결 같은 목소리로 말했다.

"구월아, 그런다고 진짜로 나가면 어쩌느냐. 며칠 푹 쉬어라, 부엌살림은 내가 할게."

떡 먹은 건 못 속여

　　　　한 고을에 떡을 좋아하는 노인이 있었는데, 떡집 앞을 지날 때면 늘 안으로 들어가서 떡을 사먹고 나오는 것이었다.(당시에는 양반이 직접 상행위를 하는 것을 부끄럽게 여겼음)

하루는 남색 창의(관리들의 평상복)를 입고 붉은 띠를 가슴에 두른 채, 역시 떡집에 들어가서 떡을 사먹고는 다른 사람들이 볼까봐 몰래 나왔다.

이 때 마침 그 앞을 지나가던 새 사돈과 딱 마주쳐 몹시 부끄러워하고 있는데, 사돈이 조심스럽게 묻는 것이었다.

"사돈이 어찌 떡집에서 나오십니까?"

이에 노인은 부끄러워하며 사실대로 대답했다.

"예, 아침 일찍 집을 나와 배가 고프던 차에 마침 떡집이 있어 들어가 먹고 나오는 길이랍니다."

그리고 집으로 돌아온 노인은 부인에게 이 사실을 얘기하자, 부인은 다음과 같이 일러 주는 것이었다.

"영감처럼 연세도 있고 지위도 높은 양반이 떡집을 드나들다 새 사돈을 만나서 사실대로 얘기했으니 매우 부끄러운 일입니다. 차라리 술을 마시고 나온다고 하시지 그랬습니까? 가게를 드나드는 일이 보기 좋은 일은 아니나, 그래도 떡보다는 술을 마셨다는 게 나은 편이지요."

부인의 말에 노인은 앞으로 그렇게 말하겠다면서, 오늘 아침에는 갑자기 사돈을 만나는 바람에 당황하여 그만 사실대로 말한 것이라며 웃었다.

며칠 후, 노인은 다시 떡집에서 떡을 사먹고 나오다가 또 그 사돈과 부딪쳤다.

이 때 역시 사돈이 어떻게 떡집에서 나오느냐고 물어, 노인은 이번에는 정신을 바짝 차리고 의젓하게 대답했다.

"예, 사돈. 술을 마시고 나오는 길입니다."

그러자 사돈이 다시 묻는 것이었다.

"술을 많이 하셨습니까. 몇 잔이나 드셨습니까?"

그러자 노인은 생각지도 못한 물음에 다른 생각할 겨를도 없이 불쑥 대답했다.

그런데 몇 잔을 마셨느냐는 물음에, 노인은 당황하여 그만 이렇게 말하고 말았다.

"오늘은 한 개밖에 사먹지 않았답니다."

결국 '한 개'라는 말로 또 다시 떡을 사먹은 게 들통 나 부끄러움을 당해야 했다.

이와 같이 노인은 새 사돈에게 부끄러움을 당하고 다시는 떡집을 드나들지 않았다.

뒤에 노인이 이 이야기를 친구들에게 들려주니 모두들 배를 쥐고 웃었다.

소가 무슨 잘못이 있남?

　　　　　　　　이선달은 황소를 몰고 장으로 갔다. 소 장터
는 거간꾼들이 흥정을 붙이고 살 사람과 팔 사람은 값을
깎으랴, 올리랴 부산하게 떠들어댔다. 이선달은 황소를 팔
아서 암소를 살참이었다. 여기 기웃, 저기 기웃 소 값을 알
아보다

"사돈"

소리에 뒤돌아보니 사돈도 소고삐를 잡고 있는 것이 아닌
가.

"어쩐 일입니까, 사돈?"

이선달이 묻자 사돈이 말했다.

"이 암소를 팔러왔지 뭡니까, 이걸 팔아 황소를 사려고
요."

"나는 이 황소를 팔아 암소를 사려던 참인데."

두 사돈의 필요조건이 이를 맞추듯 서로 똑 떨어지게 맞았
다.

"우리 서로 바꿉시다."

"암, 그래야지요."

둘은 소고삐를 바꿔 쥐며 거래를 끝냈다.

"사돈, 내가 오늘 사돈을 만나지 않았다면 이 황소를 파느라 애를 먹을 것은 둘째 치고 거간꾼에게 구전을 얼마나 뜯겼겠습니까. 구전을 벌었으니 제가 구전만큼 한잔 사겠습니다."

둘은 주막집 마당 구석에 소 두 마리를 매어두고 술을 마시기 시작했다.

"우리 딸년이 사돈을 잘 모시는지 자나 깨나 걱정입니다."

"우리 집에 복덩이가 들어왔습니다. 걔가 우리 집에 오고 난 후 해마다 논 한마지기를 삽니다."

화기애애하게 이선달과 사돈은 대낮부터 부어라, 마셔라 주막에 쉴 새 없이 술을 나르는데 얼마나 마셨나, 이선달이 계산을 하고 나오자 사돈이 말했다.

"구전은 나도 벌었지요."

둘은 다른 주막에 가서 또 술판을 벌였다.

이선달이 말했다.

"내 황소를 팔고 사돈 암소를 판 구전은 우리가 찾아먹었지만 내가 암소를 사고 사돈이 황소를 산 구전은 아직 남았잖소."

"맞아, 맞아."

그들은 말도 서로 놓으며 또 다른 주막에 가서 밤 깊은 이

경까지 코가 비뚤어지도록 마셨다. 주막을 나와 고주망태가 된 이선달과 사돈은 바꾼 암소에 올라타고, 사돈은 이선달의 황소를 타고 각자의 집으로 갔다.

암소 등에서 떨어지다시피 내린 이선달를 마누라가 부축을 하며

"모두 영감 기다리다 이제 잠들었소. 조용히 하세요."

이선달은 안방으로 들어가자 옷을 훌훌 벗어던지고 마누라를 껴안았다.

날이 새자 한 이불 속에서 벌거벗은 이선달과 안사돈이 비명을 터뜨렸다. 거의 비슷한 시간에 감골 이선달의 집 안방에서도 비명이 터졌다.

소 잘못이 아니다. 소는 주인이 바뀐 줄도 몰랐고, 새 주인의 집도 몰랐다. 고주망태를 태우고 그저 자기 살던 집으로 갔던 것이다.

후에 이일을 전해들은 사람들이 촌수가 어떻게 되냐며 박장대소를 하였다.

오해를 불러일으키게
하는 편지

한 선비 아내가 맹인무당을 청하여 집안의 평온을 비는 안택굿을 하려고 준비하였다.(옛날에는 집안의 평안을 비는 뜻에서 굿을 했는데, 이 일은 장님들이 담당했음)

그리하여 봉사가 안택경(安宅經)을 낭송하려고 하는데 병풍이 미처 준비되지 않아, 아내는 남편에게 친구 집에서 병풍 좀 빌려 달라고 부탁하였다. 남편은 굿을 하는 것이 못마땅했지만, 어쩔 수 없이 다음과 같은 글을 써서 친구 집으로 사람을 보냈다.

'우리 집사람이 봉사에게 푹 빠져서 오늘밤 그를 불러들여 이상야릇한 일을 하려고 하니, 잠시 병풍을 빌려 주어 일이 성사되게 해주었으면 좋겠네 그려.'

이 글을 읽은 친구가 병풍을 빌려 주면서(편지의 내용이 봉사와 선비 아내가 병풍을 치고 정사를 벌이는 것으로 추측하여서) 일부러 놀려 주려고 다음과 같이 답장을 써 보냈다.

"병풍은 빌려 주겠는데, 자네가 말한 그 '이상야릇한 일'이란 게 어떤 것인지 모르겠으니 좀 알려 주게나."

이에 선비는 정말로 친구가 무슨 뜻인지 몰라서 묻는 줄 알고 다시 이렇게 써 보냈다.

'이 사람아, 그것은 음양(陰陽: 음양오행의 점치는 일 등을 뜻하나, 다른 한편으로는 남녀 관계를 나타내기도 함)에 관계된 그런 이상야릇한 일이라네.'

이 글의 내용 역시 봉사와 선비 아내가 사랑을 나누는 뜻으로 이해될 수 있어, 친구들이 보고 웃음을 터뜨렸다.

효자상과 불효벌

어느 고을에 사또가 부임하고 나서 첫 번째 할 일이라고 이방이 일러주는 걸 보니 효부 효자 표창이다.

전임 사또가 다 뽑아놓은 일이니 호명하는 대로 앞으로 나오거든 몇 마디씩 칭찬의 말을 하고 준비한 상을 주면 되는 것이라고 이방이 일러주었다. 이방이 효자의 효행을 부연 설명한다.

"이번에 효자 상을 받을 수동골 이윤복은 아침저녁으로 절구통에 나락을 손수 찧어 키질을 해 언제나 햅쌀밥같이 차진 밥을 그 아버지 밥상에 올린답니다."

사또가 고개를 끄덕이며

"효자로다."

라고 말했다.

사또가 동헌 대청 호피교의에 높이 앉아 내려다보니 효부 효자상 표창식을 보려고 몰려든 고을 백성들이 인산인해다.

"효자상, 수동골 이윤복."

이방이 목을 뽑아 길게 소리치자 수더분한 젊은이가 올라왔다.

사또가 칭찬을 하고 상으로 나락 한 섬을 내렸다. 그리고
는 음식을 차려놓고 효자인 이윤복에게 사또가 한잔 마시
고 잔을 건네며 말했다.

"아버지 연세는 어떻게 되는고?"

"예순 다섯이옵니다."

"어머니는?"

"오래전에 돌아가셨습니다."

"그때 아버지 연세는?"

"마흔 둘이었습니다."

"그때부터 아버지는 이날 이때까지 홀아비로 계셨느냐?"

"그러하옵니다."

"여봐라."

갑자기 사또가 일어서더니 벼락같은 고함을 질렀다.

"내린 상을 거둬들이고 나이 사십에 홀로 된 아버지를 이
날 이때껏 홀아비로 늙힌 이 불효막심한 놈을 형틀에 묶어
볼기를 매우 쳐라."

상을 타면 한턱내라 하려고 벌써 주막에서 한잔 걸친 친구
들이 동헌에 다다르니 섣달그믐께 떡치는 소리가 들려오
기에 구경꾼들 사이를 비집고 보니 상이 뭔가, 친구가 볼
기짝을 맞고 있는 게 아닌가. 이윤복이 풀려나기를 기다려
번갈아 업고 돌아왔다.

무슨 상을 받아올까 기다리며 사랑방에서 새끼를 꼬던 윤

복의 아버지가 마당에서 웅성거리는 소리에 방문을 열어 봤더니 아들이 초죽음이 되어 친구들에게 업혀서 돌아온 게 아니가. 놀라 버선발로 뛰어나갔던 윤복의 아버지는 아들 친구로부터 자초지종을 듣고 사랑방으로 돌아가 눈물이 글썽글썽한 눈으로 털썩 주저앉으며 혼잣말을 내뱉었다.

"이 고을에 명관이 났네."

거짓 벙어리 짓도 잘해야지

옛날에 한 포졸이 있었는데 그의 임무는 당연히 도둑이나 법을 위반한 사람을 잡는 것이지만, 그는 특별히 밤거리 순검(巡檢)을 철저히 하여 야금(夜禁)에 걸린 사람은 반드시 잡아 직접 곤장을 때리며 엄하게 다스렸다.

하루는 야간 통행이 금지된 시간에 나다닌 사람을 붙잡아 문초하면서 왜 법을 어겼느냐고 호통을 치니, 이 사람은 어물어물거리면서 말을 못하는 것이었다. 그러자 옆에서 보고 있던 상관이 말하기를,

"보아하니 그 사람은 벙어리 같은데 어찌 문책을 하겠느냐? 이번 한번만 불문에 붙이고 속히 풀어 줘라!"

이에 그 사람을 풀어 주고, 야금에 걸린 또 한 사람을 심문하면서 무슨 이유로 밤에 나다니다 잡혀 왔느냐고 묻자, 이 사람 역시 벙어리 행세를 하면서 어물거리는 것이었다.

그러자 옆에서 보던 상관이 수상히 여겨 그대로 세워 두고, 다른 이야기를 한참 하다가 갑자기 그 사람을 향해 큰소리로 물었다.

"너는 정말 말 못하는 벙어리냐?"

이 말에 깜짝 놀란 그는 엉겁결에 크게 소리쳤다.

"네, 그렇습니다."

그리하여 결국 거짓이 탄로 나 곤장을 더 많이 맞았다.

수리골

한 고을에 젊은이가 병을 앓고 있었는데, 그 형은 이름난 관상쟁이와 의사이건만 한번 와서 들여다보고 땅이 꺼져라 한숨만 푹푹 쉬다 갔을 뿐, 이렇다 할 말이 없었다.

부인은 안달이 났다.

"아주버님! 아비 병이 심상치 않습니다. 약 좀 주십쇼."

대답을 않자 며칠 뒤 찾아가서는

"다른 곳에 가 사서 쓰겠으니 약방문이라도 내주십시오."

그래도 대답을 않자 다음날은,

"정당한 값을 드릴 테니 약을 파십시오."

그날 저녁때 남편의 상태가 위중해지자 찾아가서는 화를 내며 말했다.

"그놈의 의술인지 설레발인지 배워 가지고, 동생이 죽어가는데 약도 안 일러주고, 팔라고 해도 안 팔고…. 이댁 가문 인심은 이런 거요?"

형은 어이없어하며 사방을 둘러보더니,

"모르겠소. 장끼나 구해다 먹여보시우."

"그까짓 거 한마디 일러주기가 그렇게 힘들단 말이오?"

한마디 쏘아붙이고 휭 하니 집으로 돌아와 보니 남편은 오늘 밤 넘기기가 어려울 것 같고 밖엔 벌써 어둠이 내렸는데 어디 가서 장끼를 잡아온단 말인가.

그때, 장날마다 사냥감을 메고 나오는 떠꺼머리총각 사냥꾼이 떠올랐다. 서둘러 초롱불을 들고 산 넘고 물 건너 수리골로 바쁜 걸음을 했다. 얼마를 갔을까 산골짜기에 혼자 사는 총각 사냥꾼의 너와집에서 불빛이 새나오는 것을 보고 긴장이 풀려 잔설을 밟고 미끄러지며 발을 삐어 주저앉고 말았다.

"사람 살려주시오."

부인은 사냥꾼 집을 향해 소리쳤다. 그 소리를 들은 노총각 사냥꾼이 내려와 부인을 들쳐 업었다.

부인의 육덕이 푸짐해서 엉덩이를 두 손으로 받쳐 든 총각 사냥꾼은 그만 양물이 불뚝 솟구쳤다. 총각의 목덜미를 깍지 끼고 바위 같은 등에 업힌 부인은 남자 냄새를 맡은 지 얼마이던가. 방문을 열고 들어올 땐 둘 다 불덩어리가 돼 누가 먼저랄 것도 없이 치마를 올리고 바지를 내리고 엉켜서 뒹굴었다.

땀이 범벅이 돼 헝클어진 머리를 매만지고 옷매무새를 고친 부인은 자초지종을 얘기할 겨를도 없이

"장끼 한마리만 주시오"

라고 말했다. 총각이 잡아놓은 장끼 세 마리를 모두 주자

부인은 발을 절며 골짜기를 내려갔다.

부랴부랴 장끼를 고아 사발에 퍼서 방으로 들어가자 맛도 보기 전에 벌써 남편은 생기를 찾기 시작했다. 부인이 떠먹여주자 나중엔 제 손으로 퍼먹었다.

이튿날, 언제 아팠냐는 듯 남편은 거뜬하게 일어났다. 그런데 오후에 이상한 소문이 돌았다. 수리골 총각 사냥꾼이 밤사이 상처 하나 없이 죽었다는 것이다.

사실은 이렇다 형이 보니 동생이 죽을 운수보다도 제수가 과부 살이 꼈던 것이라, 호적에 오른 사람만이 남편인가 남편 노릇 한 놈도 남편이지 아무나 죽으면 과부인 것이지, 그래서 계교를 쓴 것이었다. 총각은 애매하게 대수대명(代數代命)에 간 것이다. 그러기에 사람들이 말하기를 오랜 병으로 앓는 사람의 계집은 넘보는 것이 아니라고들 한다.

잡아먹으려는 돼지

　　　옛날 옛적 호랑이 담배피던 시절에 그 때는 짐승들도 사람 말을 알아듣고, 말도 할 줄 알았다고 한다.

　당시 한 사람이 소·개·닭·돼지 등을 정성껏 길렀는데, 하루는 고기가 먹고 싶어 소를 보고 이렇게 말했다.

　"내 너희들을 기르느라 고생만 하고 오랫동안 고기를 못 먹어 기력이 다했으니 너를 잡아먹어야겠다."

　그러자 소는 고개를 들면서 다음과 같이 말했다.

　"주인어른! 저는 주인어른을 태워 진흙탕과 빙판길을 마다하지 않고 다녔으며, 물을 건너고 산을 넘으면서 무거운 짐을 나르고 쟁기질도 하여 힘들게 노력 봉사를 했으니, 공적만 있고 죄가 없는 터입니다. 그런데 어찌 저를 잡아먹으려 하십니까?"

　이에 주인은 그 말이 옳다 생각하고 개를 잡아먹겠다고 말하니, 개도 다음과 같이 변명하는 것이었다.

　"저는 주인을 위해 늘 울타리 밑에 살면서 주야로 집안을 순찰하고, 도적이 들면 짖어서 알리며 주인이 외출하면 열심히 집을 지키다가 돌아오면 반갑게 맞아 주니, 저의 공적을 말할 것 같으면 종들보다 더 많다고 할 수 있습니다. 그런데 어찌 저를 잡아먹으려고 하십니까?"

이 말에 주인은 역시 옳다고 하고는, 닭을 잡아먹겠다고 했다. 그러니까 닭도 이렇게 항변하는 것이었다.

"저도 공적이 많습니다. 주인을 위해 낮에는 시간을 알려주어 농사짓는 데 도움을 주며 밤이면 잠도 잘 못 자고 새벽을 알리니, 오덕의 아름다움은 지녔어도 죄악을 지은 일이 없는데 어찌 저를 잡아먹으려 하십니까? 부당한 말씀입니다."

그래서 주인은 마지막으로 돼지를 향해 잡아먹겠다고 말하자 돼지는 눈만 끔뻑거리면서,

"사실 저는 아무 것도 내세울 만한 공적이 없습니다. 주인어른이 주는 먹이만 먹고 은혜만 입었으니 어찌 살아남기를 바라겠습니까? 속히 저를 잡아 주인어른의 몸을 보하소서."

하면서 눈을 감고 머리를 떨어뜨리는 것이었다.

쌀도둑

　　김초시는 과거만 보면 떨어져 한양 구경이
나 하고 내려오지만 도대체 기가 죽는 법이 없었다.

　집에 들어서자마자 마누라더러

"닭 한 마리 잡아서 백숙해 올리지 않고 뭘 하냐!"

며 큰 소리를 치는 것이었다.

　머슴도 없이 김초시 마누라는 꼭두새벽부터 일어나 모심
고 피 뽑고 나락 베고 혼자서 농사를 다 짓는데 논에서 일
을 하다가도 점심때가 되면 부리나케 집으로 돌아와 김초
시 점심상을 차려주고 다시 논으로 종종걸음을 친다.

　김초시는 식사 때를 조금이라도 넘기면

"여편네가 지아비를 굶겨죽이기로 작정했지."

라며 고래고래 고함을 지르고 말끝마다

"무식한 여편네."

라고 무시하는 것이 다반사라.

　어느 봄날, 온종일 밭에 나가 일하고 들어와 안방에서 바
느질을 하는데 사랑방에서 글을 읽던 김초시가 들어와 호
롱불을 후~ 꺼버리고 마누라를 쓰러트렸다. 그때 부엌에

쌀 도둑이 들어왔다. 쌀 도둑은 쥐 죽은 듯이 웅크리고 앉아 안방에서 폭풍우가 몰아쳐 비가 쏟아지기를 기다리고 있었다.

김초시가 마누라 치마를 벗기고 속치마를 올리고 고쟁이를 내렸다. 운우의 숨소리가 한참 가빠질 때 도둑은 쌀독을 열고 자루에 쌀을 퍼 담기 시작했다. 가쁜 숨을 몰아쉬는 김초시 귀에 대고 마누라가 속삭였다.

"쌀 도둑이 들어왔소."

그 소리를 들은 김초시의 방망이는 갑자기 번데기처럼 줄어들어 이불을 덮어쓴 채 방구석에 처박혀 와들와들 떠는 것이 아닌가. 김초시 마누라는 치마끈을 매면서도 계속 가쁜 숨을 몰아쉬며

"여보 여보, 좀더 좀더."

라고 교성을 질러 쌀 도둑을 안심시켰다. 얼마나 지났을까.

갑자기 김초시 마누라가 부엌문을 차면서

"도둑이야!"

라고 고함을 지르자 쌀 도둑은 혼비백산 걸음아 나 살려라 하고 도망쳤다. 그런 줄도 모르고 김초시는 이불을 덮어쓰고 구석에 쪼그리고 앉아 벌벌 떨고 있었다. 김초시 마누라가 부엌에 나가 쌀독을 덮고 방에 들어오자 그제야 정신을 차린 김초시는 딴엔 남자라고 어흠, 어흠하면서 정좌를

우리 선조들의 해학과 육담 古今笑叢(고금소총)

하고서는

"쫓으려면 진작 쫓을 것이지 웬 뜸을 그리 들여 사람을 놀래키노."

김초시 마누라는 눈도 깜빡이지 않고

"도둑이 쌀을 두세 바가지 퍼 담을 때 '도둑이야' 소리치면 쌀자루가 가벼워 도둑이 퍼 담은 자루를 들고 도망칠 것이고, 여덟아홉 바가지를 퍼 담았을 때 소리치면 쌀이 자루에 그득해 땅에 쏟아질 것 아니요. 다섯 바가지는 들고 도망가기엔 무겁고 쏟아지기엔 자루에 쌀이 가득 차지 않아 그때를 기다렸지요."

그 말을 들은 김초시는 아내의 현명함에 벌떡 일어나더니 사랑방으로 달려가 읽던 책을 몽땅 쓸어 담아 아궁이에 태워버렸다. 이튿날부터 그는 들에 나가 밭을 갈고, 마누라를 하늘같이 떠받들며

"부인!"

이라 불렀다고 한다.

자면서 남의 다리 긁기

어느 마을에 한 사람이 살았는데 매우 미련했다. 하루는 멀리 여행을 하다가 날이 저물어, 주막에 들어가 다른 손님들과 함께 잠을 자게 되었다. 다른 사람들은 깊이 잠들어 코를 고는데 이 사람은 잠이 오질 않아 뒤척이다가 간신히 잠이 들려는 찰나, 갑자기 한쪽 다리가 몹시 가려웠다.

그러자 잠결에 날카로운 손톱으로 박박 긁었으나 어쩐 일인지 조금도 시원한 느낌이 들지 않았다. 이에 더욱 힘을 주어 긁어도 여전히 시원하지가 않아 이상하게 생각하는데, 옆에서 자던 사람이 벌떡 일어나 소리쳤다.

"어떤 놈이 남의 다리를 자꾸 박박 긁어서 아프게 하느냐?"

이 소리에 깜짝 놀라 정신을 차려 보니 그것이 자기다리가 아니라 남의 다리라는 사실을 알았다. 그러자 이 사람은 싱긋 웃으면서 말했다.

"내 다리가 가려워서 힘껏 긁었는데, 도대체 시원하질 않아 이상하다 했더니 그게 당신 다리였소?"

통천댁 아침에 옷고름 풀다

어느 마을에 시집온 지 1년 만에 과부가 된 통천댁이 살고 있었다.

자식도 없는 청상과부는 한눈 안 팔고 시부모를 모시고 10년을 살다가 한해걸이로 시부모가 이승을 하직하자 삼년상을 치르고 탈상한 지 며칠 되지 않아 매파가 찾아왔다.

"아직 서른도 안 된 통천댁이 자식도 없이 홀로 한평생을 보내기엔 세월이 너무 길잖아."

통천댁은 눈이 동그래져

"그래서요?"

하고 물었다. 한숨을 길게 쉰 매파가 목소리를 낮추고 얘기를 이어갔다.

"아랫동네 홀아비 박초시가 통천댁 탈상할 날만 기다리고 있었네."

"나가세요!"

서릿발이 돋은 앙칼진 목소리로 통천댁이 소리치자 매파는 겁에 질려 허둥지둥 뒷걸음쳐 사라졌다.

그 일이 있은 후로 통천댁은 늙은 청지기를 데리고 억척스럽게 논농사, 밭농사를 지으며 꿋꿋하게 수절하였다.

통천댁도 박초시를 알고 있었다. 8년 전인가 상처한 박초시는 30대 초반으로 비록 과거에는 급제하지 못했지만 글도 능할뿐더러 뼈대 있는 집안에 재산도 넉넉하고 사람 됨됨이도 착실해 매파들이 문지방이 닳도록 찾았지만 모두 고개를 흔들고 통천댁만 마음속에 품고 있었다.

박초시가 보낸 매파가 끈질기게 통천댁을 찾았지만 가는 족족 헛걸음에 이제는 문도 열어주지 않았다. 박초시는 식음을 끊고 드러누워 버렸다.

이러한 소문을 듣고 박초시 친구 유첨지가 술을 한잔 걸치고 찾아왔다.

"예끼, 이 사람아. 그런 일로 드러눕다니!"

이튿날 아침. 통천댁이 아침 안개가 모락모락 피어나는 안마당으로 물동이를 이고 들어서 부엌으로 가는데 유첨지와 유첨지네 머슴 둘이 뒤따라 들어와 소리쳤다.

"통천댁, 오늘 쟁기 좀 빌려주시오."

통천댁이 부엌에서 나오는데 안방 문이 덜컹 열리며 윗도리를 드러낸 박초시가

"안되네, 우리도 오늘 써야 하네."

그걸 보고 머슴 둘도 놀랐지만 펄쩍 뛰며 놀란 것은 통천댁이었다.

따지고 변명할 겨를도 없이 유첨지와 두 머슴은 가버렸다. 늙은 청지기는 물꼬를 트러 들에 나가고 통천댁이 우물에 갔을 때 박초시가 통천댁의 안방에 잠입했던 것이다. 마루 끝에 털썩 주저앉아 땅이 꺼져라 한숨을 쉰 통천댁이 곰곰이 생각해보니 동네 사람들에게 무슨 변명을 해도 씨도 안 먹힐 것 같았다.

통천댁은 머리를 매만지고 안방으로 들어갔다.

"서방님, 절 받으시오."

박초시는 떨리는 목소리로

"통천댁, 고맙소."

라고 말한 후 통천댁의 옷고름을 풀었다.

비장에게 대신시키겠지

옛날 영남의 한 관찰사가 여러 고을을 순시하고 있었다. 한 시골 마을을 지날 때, 일산(日傘)을 든 군인이 옆을 따르는 가운데 높다란 가마 위에 덩그렇게 앉아 긴 담뱃대를 비스듬히 물고 사방을 두리번거리며 행차하니, 마을 사람들이 몰려나와 그 위엄 있는 모습을 구경하느라 길을 메우고 있었다.

이에 사람들이 모두들 쳐다보고 손을 흔들면서,

"관찰사 나리의 저 의젓한 형상이 마치 신선의 모습 같지요?"

하고 칭송하며 흠모하는 것이었다. 이 때 한 사람이 옆 사람을 보고 물었다.

"저렇게 의젓하고 근엄한 관찰사 나리도 밤에는 부인과 함께 자면서 옷을 벗고 살을 맞대 잠자리를 할까요?"

그러자 옆 사람이 눈을 부릅뜨고 손을 내저으면서 다음과 같이 응수했다.

"관찰사 나리처럼 만금(萬金) 같은 귀한 몸으로 어찌 옷을 벗으며 그 힘든 일까지 몸소 하시겠소? 반드시 힘 좋은 병

방비장(兵房裨將)에게 대신 시켜 놓고 구경만 하실 거요."

두 사람의 얘기를 듣고 있던 사람들이 너무나 웃어서 허리가 잘록해졌더라.

엽전 주머니

어느 고을에 한양에서 별감이 내려왔다. 별감이라야 대수로운 벼슬도 아니지만 그래도 동네가 생긴 이래 가장 출세한 사람이다. 어린 시절 함께 뒹굴고 서당에서 공부하던 고향친구들이 주막에 모였다. 별감은 목이 뻣뻣해졌고 고향친구들이란 작자들은 서로 잘 보이려고 아부 질이다.

"별감 나리, 신수가 훤하시네."

눈을 내리깐 별감이 고개를 끄덕이며

"자네 이름이 맹천, 아니 영철이던가."

고향 떠난 지 3년도 안됐는데 친구 이름을 까먹었을까?

"용철이네."

"아, 그래 용철이. 자네 훈장님한테 매도 많이 맞았지."

옆에 있던 기생 매월이가 까르르 웃었다.

꽃 피고 새 우는 화창한 봄날, 집안이 넉넉한 친구 셋이 별감 친구를 모시고 화전놀이를 가는데 한 친구는 10년 동안 땅 속에 묻어뒀던 인삼주를 꺼내왔고 한 친구는 씨암탉을 잡고 산적에다 화전을 부칠 준비를 해오고 나머지 한 친구는 기생 매월이를 돈을 주고 데려왔다.

앞장 선 매월이가 어깨춤을 추며 산길을 오르는데 진달래
꽃은 불타고 개울엔 콸콸 옥수가 흐르고 산새는 울고 하늘
은 맑고 봄바람은 불어오니 이 어찌 아니 좋을 소냐. 목적
지 마당바위 앞에서 딱 걸음을 멈췄다.

"껄껄껄, 여기는 어인 일인가?"

해진 갓을 삐딱하니 쓰고 장죽을 꼬나문 주정뱅이 해천이
어떻게 냄새를 맡았는지 먼저 와서 마당바위에 좌정하고
앉아 시치미를 떼고 오히려 별감 일행을 내려다보며 묻는
다. 어린 시절 함께 서당에서 공부한 불청객 해천은 별감
에게 거리낌 없이

"봉팔이, 너 왔다는 소리는 들었다."

하고 말하니 좋았던 분위기는 깨졌지만 술판은 벌어졌다.

친구 하나가 기생 매월이에게 귓속말로

"10년 묵은 인삼주를 해천이 잔에는 조금씩 따라라."

매월이는 다른 사람들 술잔은 넘치게 따랐지만 불청객 해
천의 술잔은 반도 차지 않게 술을 부었다.

소피보러 숲 속으로 가는 매월이를 해천이 따라갔다.

"매월아, 이거 받아라."

하고 엽전 주머니를 내미는 것이 아닌가. 매월은 눈이 둥
그레져 엽전 주머니를 받았다.

"매월아, 부탁이 하나 있다. 내가 배탈이 나서 닷새 동안
하루에 죽 한공기로 살았다. 술을 마시면 안 되는데 오랜

만에 친구를 만나서…. 내 잔엔 따르는 시늉만 해다오."

 '어려울 것 없지. 아니어도 그 귀한 술, 해천에겐 조금씩 따르라 했는데.'

 숲 속에 앉아 소피를 보며 매월은 해천에게 받은 돈주머니를 열어봤다.

 한지로 돌돌 쌓여 있는 엽전 뭉치가 묵직하다. 한지를 펴던 매월이는 오줌발이 똑 끊겼다. 동전이 아니고 모두가 사금파리였던 것이다. 이를 악 다물고 돌아온 어린 기생 매월이는 너 죽어보라는 듯이 해천의 술잔에 술을 가득 따랐다. 죽을상을 하고 마신 술잔에 연거푸 인삼주를 따랐다.

 호리병이 바닥난 걸 보고 해천은 별감 곁으로 가서 귓속말로

 "매월이 저년은 건드리지 말게. 내가 한 달 전에 합방을 했다가 아직도 성병으로 고생하고 있네."

 지난밤, 매월이를 품었던 별감은 울상이 됐었다. 트림을 거하게 한 해천이 껄껄 웃으며 자리를 떴다.

 그 일을 전해들은 사람들이 해천의 꾀에 박장대소를 하였다.

우리 선조들의 해학과 육담 고금소총(古今笑叢) ·

탐욕이 지나친 재상

옛날에 한 재상이 있었는데, 재물에 대한 탐욕이 지나쳐 지방으로 나가는 관장들에게 많은 뇌물을 요구하곤 했다. 하루는 이 재상이 집에서 한가롭게 앉아 쉬고 있는데, 마침 물산이 풍요로운 고을 관장으로 나가 있는 무관(武官) 한 사람이 인사차 방문하자 늘 그랬던 것처럼 슬그머니 말을 던졌다.

"내 근래 집을 한 채 짓는데 자금이 조금 부족하다네. 자네가 어떻게 좀 도와줄 수 없겠는가? 지금 첩지(帖紙: 오늘날의 수표처럼 금액을 적어 주고 뒤에 돈을 찾게 하는 쪽지)를 써 주면 사람을 시켜서 찾아오도록 하겠네."

이 말에 관장은 자기 형편에 넘치게 2백 냥을 써서 내놓았다.

본디 이 재상은 항상 요강을 깨끗이 씻어 말려 방안에 두었는데, 이것은 소변용이 아니라 달리 사용하기 위해 늘 마른 상태로 비워 두었던 것이다.

이에 그 재상은 이 첩지를 보더니 서운한 표정을 지으면서 똑바로 앉아 말했다.

"내 가까운 사이여서 말을 꺼냈던 것인데, 자네가 나를 이리 박절하게 대접할 줄은 몰랐네. 내 지금 그리 말한 것을 크게 후회하는 터이니 없었던 일로 하게나."

이러면서 그 첩지를 요강 속으로 던져 넣는 것이었다.(남이 보기에는 그 첩지가 소변에 젖어 파기된 것 같지만, 사실은 요강 속이 말라 있으므로 첩지는 그대로 있음)

그러자 관장은 당황하여 앞서 그 첩지가 못 쓰게 된 줄 알고, 새로 4백 냥을 적어 앞으로 내놓았다. 이에 재상은 웃으면서,

"이 정도면 내 약간은 도움이 될 만하구먼."

이라 말하고 그 첩지를 받아 챙기는 것이었다.

그리하여 관장은 인사를 하고 물러 나왔는데, 뒤에 보니 재상은 사람을 보내 앞서 요강에 던져 넣은 2백 냥과 뒤의 4백 냥 첩지를 함께 가지고 와서 6백 냥을 찾아가는 것이었다.

사람들은 이 이야기를 듣고 더럽다며 침을 뱉더라.

뼈가 녹아내리는 방사는?

행상 한 사람이 어느 인가에서 하룻밤을 자게 되었는데, 한밤중에 아랫목의 주인이 그 처와 관계를 하게 되었는데, 윗목의 나그네가 그 신음소리를 엿듣고 주인에게

"지금 하시는 일이 대체 무슨 일이오?"

하고 물으니, 주인이 대답하기를

"지금 소리를 들어 대개 아실 테지만 집사람과 더불어 잠깐 희롱하는 것이오."

이때 나그네가 목소를 가다듬고

"이런, 아직 주인은 모르시겠지만 운우의 품격이 두 가지가 있으니, 그 하나는 깊이 꽂아 오래 희롱하여 여인으로 하여금 뼈를 녹게 하는 것이 상품이요, 또 격동하는 소리가 요란하여 번갯불처럼 휘황할 뿐 잠깐 동안에 사정하는 것이 하품이지요, 상품과 하품을 잘 구별하셔야 합니다."

이 말이 그동안 남편의 밤일이 시원찮아 불만이 많던 주인 여자의 귀에 벽력처럼 울려, 여인은 한 꾀를 내어 눈을 지그시 감고 조는 듯 꿈꾸는 듯하다가, 일부러 꿈에서 깨

어난 듯 배 위의 그 지아비를 발길로 걷어차며

"여보 큰일 났소. 지금 내가 꿈을 꾸었는데 우리 조밭에 산돼지가 들어 거의 조밭을 쑥밭으로 만들고 있는 중이오. 밭이 망가지면 금년 양식을 무엇으로 충당한단 말이오. 너무 꿈이 생생하니 어서 가서 한번 확인을 해보세요."

하니 남편이 황급히 허리에 화살을 차고, 총총히 산으로 뛰어가니, 여주인이 행상에게

"어찌 그리 여인의 마음을 잘 아시오. 그 어디 뼈 한번만 녹여 주구려."

하고 몸소 행상인에게 추파를 던지니, 행상인이 어찌 그냥 보고만 있겠는가. 과연 여인의 바라던 바와 같이 깊이 넣어 사람으로 하여금 뼈를 녹게 하니, 그 황홀함이 은밀하고 흡족한지라, 여주인이 넋이나가 마침내 가재 도구까지 전부 들추어 사 가지고 행상인과 함께 도망하여 얼마만큼 멀리 도망가다가 행상인이 가만히 생각해보니, 유부녀를 훔쳐 가지고 도망하는 것도 유만부동이지 가구까지 훔쳐 도망하니,

"이는 반드시 후환이 없지 않으리라."

하여, 여인을 따돌리려는 심보로 여인에게 말하길

"우리 둘이 이제 이렇게 도망하는 마당에 길에서 밥 지을 솥과 냄비가 없으니, 당신이 가서 한 번 더 수고를 해주시오. 내 그 동안 여기서 당신이 오기만을 기다리고 있겠소."

여인이 그 말을 듣고 옳게 생각하고 부리나케 집으로 돌아가 화로며 솥을 이고 도망쳐 나오다가 그만 본서방을 만나고 말았으니, 서방이 그걸 보고 의심하여 연유를 물으니, 여인이 서방에게 대답하기를

"아 글쎄, 그 못된 행상인 놈이 내가 깊이 잠든 틈에 우리 세간을 전부 가지고 도망하지 않았겠소. 그래 내가 점장이에게 점을 쳐보았더니, 점괘에 행상인이 금속인 이어서 쇠로 만든 물건을 갖고 좇으면, 가히 붙잡을 것이라 하기에 이렇게 뒤를 좇고 있는 중이예요."

대답을 하니 서방이란 작자가 크게 놀라

"그래, 그럼 나하고 함께 좇지 않고 혼자 좇았소?"

하며 이에 솥을 걸머지고 함께 뒤를 좇으니, 여인은 더욱 겁이 나서 행상인이 없는 곳으로 찾아가다가 애태우던 나머지 드디어 대성통곡하였다.

죽을 놈은
어떻게든 죽는 법

어느 고을에 재물은 많은데 인심이 사납기가 호랑이 같은 최참봉이라는 인물이 살았는데 어느 날 해거름에 그 최참봉이 얼큰하게 취해서 뒷짐을 지고 집으로 돌아왔는데, 대문 앞에서 절름발이 거지 하나가

"동냥 좀 줍쇼."

라며 구걸을 하는 것이 아닌가.

"다른 집으로 가봐라."

하고 최참봉이 걸걸한 목소리로 소리치자 피골이 상접한 거지는 울상으로 최참봉을 올려다보며

"나리, 이틀을 굶었습니다요. 목숨 좀 살려주십시오."

라며 애걸했다.

"다른 집으로 가라 하지 않았느냐!"

최참봉의 목소리는 고함으로 변했다. 이소리을 듣고 최참봉의 집사와 청지기·머슴들이 주인의 고함소리에 놀라 우르르 몰려나왔다.

"나리~."

거지의 목소리가 끝나기도 전에 최참봉이 절름발이 거지의 목발을 밟아 부러뜨려 도랑으로 집어던지고 바가지를 박살냈다.

"당장 꺼지지 않으면 네놈의 성한 다리도 분질러 버리겠다."

그때 그곳을 지나가던 노스님이 최참봉을 가로막으며 절름발이 거지를 일으켜 세웠다.

거지를 부축한 노스님이 손을 털고 있는 최참봉을 빤히 쳐다보더니

"쯧쯧쯧, 재운은 넘쳐나는데 명운이 다됐구려."

라고 말했다.

대문 안으로 들어가려던 최참봉이 걸음을 멈추고 '휙' 돌아섰다.

"뭐라고?"

"4월 초나흘, 쇠뿔에 받혀서 죽을 운세요."

"여봐라, 저 땡초의 주둥이를 짓이겨라."

"어디서 그런 악담을 퍼붓는 게야"

청지기와 머슴들이 노스님을 엎어놓고 얼굴을 밟기 시작했다. 피투성이가 된 노스님이 대문 앞에서 혼절하자 최참봉과 수하들은 안으로 들어가고, 대문은 '꽝' 하고 닫혔다.

아직도 분이 덜 풀린 최참봉은 씩씩거리며 술상을 차려오라고 고함을 질렀다. 이런 최참봉은 만석꾼 부자지만 탐욕은 끝이 없어 보릿고개에 장리쌀을 놓아 가을이면 가난한

사람들의 논과 밭을 빼앗고, 소작농 부인을 겁탈하고, 고리채로 남의 집 딸을 차지했다.

 그 일이 있은 후 열흘이 지나 3월 그믐이 되자 노스님의 말이 꺼림칙하게 떠올라 집사를 불렀다. 최참봉의 엄명을 받은 집사는 온 동네 소를 가진 집을 돌아다니며 그날부터 소를 외양간에 가둬 소고삐를 단단히 매고 외양간 문을 잠그도록 일렀다. 어느 안전이라고 최참봉의 명을 거역하겠는가. 최참봉 머슴들은 온 동네를 휘젓고 다니며 외양간 문에 대못 질까지 했다.

 4월 초나흘 꽃 피고 새 우는 화창한 봄날, 대문을 굳게 잠그고 사랑방 문도 잠근 채 담배를 피우고 있던 최참봉은 땡초의 헛소리에 이 난리를 친 자신이 한심스러워 졌다.

"황소가 천정에서 떨어질 건가."

 사랑방 문을 열고 문지방에 팔을 걸치고 비스듬히 누워 귀를 후볐다. 그때 한줄기 봄바람이 불어 문이 닫히며 최참봉의 팔꿈치를 쳤다. 귀이개가 깊이 박히며 귓속에서 선혈이 쏟아지고 '꽥' 소리 한번 못 질러 본 최참봉은 그 길로 지옥에 떨어지고 말았다.

 그 귀이개는 쇠뿔로 만든 것이었다.

재상과 담비 가죽

옛날에 한 재상이 아는 지방 관장만 만나면 뇌물을 요구했다. 마침 한 무관이 회령(會寧) 관장으로 부임하게 되어 그에게 인사차 방문하니, 재상은 곧 이런 부탁을 하는 것이었다.

"자네 회령에 가면, 거기 이름난 손 재주꾼이 있어 화살을 넣는 전통(箭筒)을 잘 만든다네. 그러니 자네가 그 사람을 시켜 좋은 전통 하나 만들어 달래서 보내줄 수 있겠나?"

이에 관장은 그러겠노라 대답하고 회령으로 내려갔다. 그리고 얼마 후 그는 재상 앞으로 전통과 함께 편지를 써 보내왔다.

그런데 보내온 전통을 보니, 길이가 한 길이나 되고 둘레가 커다란 누각의 기둥만 했다. 그리고 겉을 단단히 줄로 묶어, 대를 쪼개 테로 두른 나무통처럼 매우 단단했다. 이를 본 재상은 크게 화를 내면서,

"세상에 이렇게 큰 전통이 어디 있단 말이냐? 대체 여기다 어떻게 화살을 넣고 다니라고 이런 걸 보낸 거야!"

하고는 풀어 보지도 않고 그대로 다락에 던져두었다.

그 일로 재상은 회령 관장에게 큰 반감을 갖고, 마침 관북 암행어사를 제수 받아 나가게 되었다. 그러자 곧 재상은 마음속으로 회령에 가면 관장에게 무슨 꼬투리라도 잡아 죄를 씌워 관직을 박탈하겠다고 단단히 벼르고 있었다.

이 때 재상이 관북 암행어사가 되어 내려온다는 소식을 들은 회령 관장은 급히 상경하여 인사차 재상을 찾아갔다. 그리고 집안사람에게 명함을 주고 알현을 요청하니, 재상은 병을 핑계로 만나 주지 않았다. 그렇게 네댓 차례 방문했지만 여전히 만나 주지 않아 이상하게 생각하고, 이번에는 명함 없이 곧바로 들어가서 재상을 알현했다.

그러자 그는 굳은 표정으로 말 한 마디 없이 냉담하게 대하는 것이었다. 이에 관장은 슬그머니 물었다.

"소인이 전날 회령에서 올려 보낸 전통을 보셨는지요?"

이 말에도 재상은 그런 것을 보내 놓고 생색을 내려 한다고 생각하며 냉정한 어조로 중얼거렸다.

"내 그런 건 잘 모르겠는데, 아마 무엇이 왔다는 말은 들은 것 같기도 하네."

이렇게 말하고는 하인에게 묻는 것이었다.

"혹시 접때 회령에서 올라온 전통이 어디에 있느냐? 한번 찾아보도록 하거라."

그러자 하인은 당시 보내온 것이 있으며, 그 몸체가 너무 커서 사용할 수 없을 것 같아 열어 보지도 않고 그대로 다락에 던져두었노라고 대답하는 것이었다. 이에 관장은 비로소 재상이 냉담하게 대하는 이유를 알고는 공손히 아뢰었다.

"어르신, 사실 그 전통은 매우 진귀한 것이옵니다. 가는 동안 파손을 우려해 겉을 나무로 단단히 싼 것이오며, 전통은 그 안에 들었사옵니다. 지금 개봉해 보시면 알게 될 것이옵니다."

이에 관장은 곧 그 통을 가지고 오라 해서 열어본 순간 너무나 놀랐다. 그 속에는 전통이 아니라 매우 질 좋은 담비 가죽 2백여 장이 고이접어 들어 있다가, 워낙 단단히 묶였던 것이 터지면서 온 대청마루를 덮었기 때문이었다.

재상이 이를 보고 감탄하면서 급히 거두라 하고는 희색이 만면하여 관장을 보고 말했다.

"자네 이 사람아, 영변 부사를 원하는가? 강계(江界) 부사를 원하는가? 내 원하는 대로 자네를 보내 주겠네."

이후로 재상은 이 무관을 동기처럼 아끼고 돌봐 주더라.

꾀로 얻은 벼슬자리

옛날에 한 재상이 나이가 많아, 참찬(參贊: 조선 시대 의정부의 정 2품 벼슬)에 오른 뒤에도 오랫동안 그 자리에 있었다. 원래 참찬은 나이 많은 사람이 맡는 한직이었다.

어느 날 이 재상의 친구 한 사람이 찾아와서 이런저런 이야기를 나누다가 한참 만에 이런 농담을 했다.

"자네는 참찬 자리를 너무 오랫동안 혼자 차지하고 있어 다른 사람이 오질 못하니, 비난하는 소리가 들리더군. 웬만하면 물러나야지 그렇게 오래 버티나?"

"아, 그런 소리가 들리다니? 이 자리가 워낙 한직이라 오래 있었던 것일세. 허나 그렇게 비난한다면 내 물러나야지."

이렇게 말하고 그 재상은 이튿날 사직서를 제출해 물러났다. 한데 뒤이어 그 쓴 소리를 하던 친구가 참찬 자리에 오르게 된 것이다.

얼마 후, 앞서 참찬으로 있다가 물러난 재상이 지금 참찬으로 임명된 친구를 만나 이렇게 물었다.

"이 사람아, 내가 너무 오래 참찬 자리에 있어 비난하는 소리가 들린다고 했는데, 도대체 그런 사람이 누구였는가? 알고나 싶어 그런다네."

그러자 새로 참찬 자리에 오른 친구가 이렇게 대답했다.

"내 이 나이가 되도록 온전한 직책 한번 맡아 보질 못해서 괴로웠다네. 그 때 자네를 비난했다는 사람은 바로 나일세. 내가 이 자리에 오르고 싶어 그랬으니 미안하네."

이러고 두 사람은 마주보고 껄껄 웃었다.

산삼

　　어느 마을에 머슴살이 십년에 한푼 두푼 모은 새경으로 박서방은 화전 밭뙈기가 딸린 산을 사 손수 나무를 베어 산비탈에 초가삼간을 짓고, 같은 집에 식모 살던 삼월이와 혼례를 치러 살림을 차렸다.

　나무를 베어내고 나무뿌리를 캐내어 밭을 만들며 살림이 불어나는 재미에 박서방은 달밤에도 밭의 돌을 주워내고 거름을 져 올렸다. 달덩이 같은 아들딸 낳고 밭뙈기는 늘어나 보릿고개에도 박서방네 곳간엔 곡식 가마가 쌓였다.

　부창부수라고 삼월이도 부지런하기는 박서방 못지않아 아이 젖을 물리며 호미로 밭을 맸다. 보리 심고, 밀 심고, 콩 심어 남는 곡식은 장에 내다 팔아 논도 두서너 마지기나 사 쌀농사까지 지었다.

　어느 봄날, 박서방이 산비탈 밭에서 땀을 쏟으며 쟁기질을 하고 있는데 마누라가 함지박에 점심밥을 이고 올라왔다. 개울가 너럭바위에 밥 한 양푼과 된장 한 공기 점심 밥상을 펴놓고 박서방이 개울에서 윗도리를 훌렁 벗고 세수

할 동안 삼월이는 스무 발자국 산 속에 들어가 쌈 싸먹을
곰치를 뜯었다.

"만석 아빠~."

산천을 울리는 삼월이의 고함소리에 멧돼지가 나타난 줄
알고 박서방은 괭이를 들고 산 속으로 한걸음에 달려갔다.
삼월이는 엉덩방아를 찧은 채 눈을 왕방울만 하게 뜨고 말
했다.

"저기 좀 보시오."

박서방도 벌린 입을 다물지 못하고 얼어붙었다. 지난 가
을에 맺은 빨간 열매를 아직도 조롱조롱 매단 산삼 밭! 허
겁지겁 한 뿌리를 캐 마디를 세어보니 백년이 넘었다. 백
년 근 산삼 스물두뿌리를 캐 이끼로 덮어 삼월이의 치마에
싸 점심상을 차려 놓은 너럭바위로 내려왔다.

박서방은 그중 두 뿌리를 개울물에 씻어

"우선 우리 몸을 보신하세."

하며 삼월이에게 내밀었다.

박서방과 삼월이는 산삼 한 뿌리씩을 와그작와그작 씹어
먹었다.

박서방은 벌떡 일어나 괭이, 삽, 호미, 지게 그리고 쟁기
를 개울 아래 멀리 던지면서

"이제 이 지긋지긋한 농사일은 그만해야지."

하며 감격에 겨워 삼월이를 껴안았다. 산삼을 싸느라 치
마를 벗은 삼월이의 고쟁이 사이로 희멀건한 엉덩이가 비

집고 나왔다. 둘은 춘정이 발동해 너럭바위에서 미친 듯이
운우의 정을 나눴다.

 저자거리에 나가 한의원에 들른 박서방이 산삼 보따리를
풀었다. 그런데 산삼 한 뿌리를 집어든 의원이 미간을 찌
푸리며, 이 산삼 저 산삼 엄지, 검지로 누르자 속이 비어
납작해졌다.

 그걸 본 박서방은 사색이 되어

"조금 전에도 멀쩡했는데!"

라고 말했다.

 의원이 들릴 듯 말 듯 중얼거렸다.

"산신령이 노하실 짓거리를 했나벼…."

박서방은 술로 세월을 보내고, 삼월이는 일손을 놓고 한
숨으로 나날을 보내는 동안 박서방네 밭은 잡초로 덮였다.

건망증 심한 사또

옛날 한 고을 관장이 건망증이 너무 심해 자기 밑에서 일보는 좌수(座首: 지방관청 관리의 우두머리)의 성씨를 항상 잊어버리니, 매일 물어도 다음날이 되면 또 잊어버리기 일쑤였다.

이렇게 여러 날이 지나도록 좌수의 성씨를 기억하지 못하다가, 어느 날 역시 성을 물으니 좌수는 전날처럼 엎드려,

"소인의 성은 홍가(洪哥)이옵니다."

하고 대답을 했다.

그러자 관장은 매일 잊어버리는 것이 민망하여 깊이 생각한 끝에, 이 날은 한 가지 계책을 마련했다. 곧 종이에 '홍합(紅蛤)'을 하나 그려서 벽에 붙여 놓고, 그것을 보면서 좌수의 성씨가 '홍씨' 임을 기억하려고 마음먹었던 것이다.

그로부터 몇 칠이 지나 그 좌수가 들어와 엎드려 인사를 하는데, 관장은 아무리 기억해 보려고 해도 성씨가 생각나지 않았다. 그러던 중 관장은 벽에 붙은 홍합이 생각나서 그것을 쳐다보고 기억을 더듬는데, 여전히 좌수의 성씨는 기억할 수가 없었다.

이에 관장은 한참 동안 생각을 하다 보니, 마치 그 그림이 여자의 음부처럼 보이는 것이었다. 그래서 무릎을 치면서 좌수를 향해,

"그대 성씨가 보가(寶哥)였지?"

하고 물었다.(민간에서 여자 음문을 '보지'라고 하니, '보'자를 따와서 그렇게 해석한 것임) 이에 좌수는 말하기를

"소인의 성은 보가(寶哥)가 아니옵고 홍가(洪哥)이옵니다."

이 말에 관장은 멋쩍은 듯이 웃으면서 이렇게 말했다.

"아, 그랬구려. 내가 벽에 홍합을 그려 놓고도 알지 못하고 엉뚱하게 다른 생각을 했소이다."

이에 옆에서 듣고 있던 사람들이 웃음을 터뜨렸다.

죽어 마땅한 놈

　　　　　어느 고을에서 과거를 보러 한양으로 가던
젊은 선비가 그날도 온종일 걸어서 삼강나루 주막집에 다
다라 봇짐을 풀고 저녁상을 받아 먹은 후 방구석에서 목침
을 베고 녹초가 돼 곯아 떨어졌다.

밤은 깊어 삼경인데 인기척에 선잠을 깨자 품 안의 전대
가 없어진 게 아닌가. 방문을 열고 뒷걸음질로 나가는 도
둑을 향해 젊은 선비는 베고 자던 목침을 던졌다. 정통으
로 마빡에 목침을 맞은 도둑은 그만 죽고 말았다.

놀란 젊은 선비는 안방 문을 두드려 과부인 주막집 주모
에게 자초지종을 얘기했다. 그런데 피 한 방울 흘리지 않
고 죽은 도둑은 불을 밝히고 보자 최참봉의 아들이 아닌
가? 이 인사가 동네 봉놋방에서 놀음을 하던 최참봉의 아
들은 판돈이 떨어지자 주막집 손님의 전대를 노렸던 것이
다.

죽은 최참봉의 아들을 보고 주모는 한숨을 토했다.

"죽어 마땅한 놈이지만 뒷일이 걱정이네."

개망나니 최참봉 아들은 남의 여자 겁탈하고, 노름꾼에,

술주정뱅이 망나니지만 최참봉이 고을 사또와 친해 누구 하나 맞설 수 없었다. 젊은 선비는 사색이 돼 와들와들 떨고, 주모는 구들장이 꺼져라 한숨만 '푹푹' 내쉬었다.

 젊은 선비 얼굴을 빤히 쳐다보던 주모에게 묘책이 떠올랐다.

 주모와 젊은 선비는 죽은 최참봉 아들을 들쳐 업고 마당으로 나가 말 옆에 시체를 눕혔다. 말을 타고 온 손님은 뒷방에서 자느라 무슨 일이 일어났는지도 몰랐다. 주모는 말꼬리에서 말총을 뜯어 시체 손바닥에 놓고 손가락을 오므렸다.

 주모는 떨고 있는 선비의 등을 쓸며 말했다.

 "보아하니 과거를 보러 가는 것 같은데 이 살인사건에 휘말리면 과거도 못 볼 것이오. 뒤돌아보지 말고 '횡' 하니 갈 길을 가시오."

 먼동이 트기 전 젊은 선비는 주막을 나섰고, 날이 새자 온 동네가 술렁거렸다. 망나니 최참봉 아들이 노름 밑천을 장만하려고 주막집 마당에 매어둔 말의 말총을 뜯다가 말 뒷발질에 이마를 채여 그 자리에서 죽었다는 것이다.

 말총은 말꼬리의 긴 털로 갓, 망건, 감투를 만드는 재료 외에도 쓰임새가 많아 한 움큼이면 쌀 한말 값이 나갔다. 말이 말총을 뽑히면 힘을 못 쓴다 하여 마주는 크게 기피하는 것이다.

어느 화창한 가을날, 김천의 천석꾼 홀아비가 새 장가를 들었다. 재취로 들어온 여자는 삼강나루 주막집 주모고, 중매는 이번에 장원급제한 천석꾼 홀아비의 외아들이었다.

아랫사람이 부끄러워하다

옛날에 한 선비가 청렴결백하기로 이름이 높고 문장과 재덕이 당대 으뜸이었지만, 집이 가난하여 끼니를 잇지 못했다.

그런데 선비를 따르는 한 겸인(밑에서 일을 돕는 사람, 오늘날 개인 비서 같은 사람임)이 있어, 그의 뜻을 좇아 함께 춥고 배고픔을 견디며 늘 옆에서 돕고 있었다.

그러던 어느 날, 밤이 깊었는데 밖에서 누군가 선비를 찾는 소리가 들렸다. 그리하여 겸인이 나가 보니, 한 관리가 이조판서의 편지를 가지고 와서 전하는 것이었다. 이에 촛불을 밝히고 옆에 서서 비추자 선비는 그 편지를 읽었다. 거기에는 이러한 내용이 적혀 있었다.

'그대의 가난은 온 조정 사람이 모두 아는 바여서 늘 애를 태우고 있는데, 지금 황해도 관찰사 자리가 비었으니 그리로 나갈 뜻이 있는지 알고 싶도다.'

이에 선비는 비록 능력 없는 사람이지만 조정에 죄를 짓지 않고 친구들에게도 그다지 잘못하는 일 없이 살고 있는데,

외직(外職)을 맡아 보라는 이런 제의를 하는 이유를 모르겠으며, 자신은 그럴 뜻이 전혀 없을 뿐만 아니라 매우 부끄럽게 생각한다는 내용으로 답장을 써서 주었다.

그리하여 심부름을 온 관리에게 답서를 주어 보내고 들어오니 겸인이 묻는 것이었다.

"이조판서 대감이 무슨 일로 이 밤중에 어르신께 편지를 보내왔는지요? 무슨 급한 일이라도 생겼습니까?"

"아, 내 가난한 모습을 보다 못한 이판(吏判) 대감이 황해도 관찰사로 나가 볼 의향이 있는지 물어온 것이었네."

"어르신, 그래서 무엇이라 답장을 써 보내셨습니까?"

"내 비록 가난하게 살지만, 어찌 외직을 맡아 나가겠느냐고 책망하는 내용으로 딱 잘라 답장을 써 보냈지."

이렇게 대화를 나누고 잠을 잤는데, 이튿날 일어나 보니 겸인이 옷을 갈아입고는 뜰아래 서서 하직을 고하는 것이었다. 선비가 놀라 무슨 까닭이냐고 묻자 겸인의 대답은 이러했다.

"소인은 여러 해 동안 대감을 받들어 모시면서, 비록 상하의 신분은 달랐지만 기개와 지조가 서로 부합되어 손경하고 받들었습니다. 그런데 어젯밤 조정에서 대감에게 외직을 맡아 줄 수 없겠느냐는 제의가 오는 것을 보고 소인은 너무나 부끄럽고 실망스러워, 이제는 대감 곁을 떠나 집으로 돌아가서 세상을 등지고 두문불출할 생각이옵니다."

이 말을 들은 선비는 더욱 당황하여, 이조판서가 그런 편

지를 보내왔지만 자신은 거절 했으니 무슨 잘못이 있느냐고 하면서 설득했다. 이에 겸인은 다시 말하기를

"대감의 청렴결백과 지조가 정말로 세상 사람들이 추앙할 만하다면, 이판대감께서 감히 그런 발상을 했을 리가 있겠습니까? 대감의 삶과 처신이 아직도 부족한 점이 많아서 이런 일이 있었다고 생각되어 소인은 개탄스러울 따름입니다."

이에 재상은 다음과 같은 말로 간신히 그를 설득시켰다.

"그대 말이 지당하도다. 하지만 이 일은 내가 아닌 다른 사람이 한 일이고 내 뜻과는 전혀 다르오니, 이후로는 내더욱 몸가짐을 잘하겠네."

이 이야기를 전해들은 사람들은 매우 기특한 일로 생각하더라.

옹서가 함께 속다

옛날 어느 시골에 한 젊은이가 살았는데, 이웃에 장난을 좋아하는 사람이 있어 종종 사람을 난처한 지경에 빠뜨리는 일이 많았다.

이 젊은이가 마침 좋은 가문의 정숙하고 예쁜 처녀에게 장가를 들어 한창 행복한 신혼 재미를 누리고 있을 때, 장난을 좋아하는 이 사람이 젊은이를 놀려 주려고 다음과 같은 말을 했다.

"자네가 장가든 뒤 동네에서 자네를 고자라고 소문내는 사람이 있으니, 자네 처가 원통하지 않겠는가? 뒷날 자네 장인이 '한번 보여 주게' 하고 말하면, 자네는 꼿꼿한 양근을 꺼내 한번 과시하여 의심을 풀어 드려야 할 걸세."

이에 젊은이는 별로 어려운 일이 아니라고 말하고 약속을 했다.

그러자 이번에는 그 사람이 젊은이의 장인에게 가서 다음과 같이 속여 말했다.

"어르신! 어르신의 새 사위가 퉁소를 지니고 다니면서 매우 잘 부는데, 그런 사실을 알고 계십니까?"

"아니, 그게 정말인가? 나는 금시초문이라네."

"그러면 어르신! 새 사위가 오면 '이 사람 한번 보여 주게 나' 하고 독촉하시면, 아마도 그 사람이 감추고 있던 퉁소를 꺼내 불어 드릴 것입니다. 그렇게 한번 시험해 보십시오."

이 말에 장인은 자기 사위가 퉁소를 잘 분다고 하니 너무 기뻐, 여러 사람들에게 자랑하고 싶었다. 그래서 이웃 친구들을 불러 사위가 퉁소를 잘 분다고 자랑하자, 모두들 한번 듣기를 원하는 것이었다.

어느 날 장인은 점심 식사를 마련하고 친구들과 사위를 불러서 이렇게 말했다.

"자네 이 사람아! 그것 한번 보여 주게나."

장인이 이렇게 독촉하니 사위는 이웃 사람에게 들은 말이 있어,

"장인어른! 그건 별로 어려울 것이 없습니다."

하면서 바지 끈을 풀고는 크게 일어선 양근을 꺼내 흔들어 보이자, 사람들이 모두 대경실색을 하고 고개를 돌리는 것이었다. 그러자 장인은 너무도 뜻밖의 일에 무안하여 얼굴을 붉히면서,

"이 사람아! 자네 정말 무색(無色)하구먼, 무색해!"

라고 나무랐다. 이에 사위는 장인의 말을 받아 말했다.

"무색(無色: 글자대로 '색이 없다'로 해석)하다니요? 왜 이게

색이 없습니까? 보십시오, 붉은 색에 검정 띠까지 둘렀으
니 이것은 아롱진 용주(龍舟)의 색깔입니다. 어찌 색이 없다
고 하십니까?"

 이렇게 말하자 모인 사람들이 박장대소를 하였다.

학동과 머슴

훅훅 달아오르는 지열 속에 땀방울을 비 오
듯 쏟으며 콩밭을 매는 돌쇠는 연방 한숨을 토했다.

"단 열흘만이라도 저 학동들처럼 신선놀음을 해봤으면 지
금 죽어도 원이 없겠네, 아고 아고 내 팔자야."

유월 땡볕에 밭을 매다 점심을 먹고 다시 들로 일하러 가
는 길에 서당 앞을 지나게 됐다. 선들바람이 부는 서당마
루에서 학동들이 글을 읽고 있었다. 훈장님의 선창에 합창
하듯 학동들이 따라 읊는 소리는 숲 속의 산새들 울음소리
보다 낭랑하다.

저녁을 먹고 제방에 벌러덩 누워 연초를 피워 물고 있는
돌쇠에게 도련님이 찾아왔다.

"돌쇠야, 나도 남배 한번 피워보자."

돌쇠는 눈을 크게 뜨고

"대감 나리 알면 큰일 나요."

두어 모금 빨다가 캘록캘록 거린 도련님은 이번엔 돌쇠 따
라 봉놋방에 가겠다고 떼를 썼다. 봉놋방 뒷전에 앉아 머
슴들이 킬킬거리며 골패하는 걸 보다가 막걸리도 한잔 얻

어 마시고 돌쇠와 함께 집으로 돌아왔다. 도련님은 돌쇠방에 앉아 방구들이 꺼져라 한숨을 쉬며

"돌쇠야, 네 팔자가 부럽다."

기가 막힌 돌쇠가 한참 만에

"도련님, 지금 나를 놀리는 거예요!?"

이튿날 아침, 대감이 돌쇠와 도련님을 불렀다.

"서로 옷을 바꿔 입어라."

둘이 영문도 모른 채 멀뚱하게 서 있자 대감은

"오늘부터 돌쇠는 서당에 가고, 너는 들에 가 콩밭을 매렸다."

지난 밤 돌쇠방에서 돌쇠와 도련님이 서로 신세타령하는 걸 문밖에서 대감이 몰래 들었던 것이다. 둘 다 신이 나서 서당으로, 들로 내달았다.

산들바람이 부는 시원한 마루에서 하늘 천 따지 천자문을 시작한 돌쇠는 마침내 신선놀음을 하게 됐다. 밭을 매다가 개울에 풍덩 뛰어들어 멱을 감고 연초를 말아 담배를 피우며 도련님도 신바람이 났다.

서당마루에서 신선놀음(?)에 빠진 돌쇠가 '악' 머리를 감싸 쥐었다. 자신도 모르게 깜빡 졸다가 훈장님 회초리가 돌쇠 머리를 강타했던 것이다.

"훈장님, 다리가 저려서 못살겠어요, 다리 좀 펴면 안 될까요?"

학동들이 까르르 웃고 훈장님의 회초리는 돌쇠의 허벅지

에 시퍼런 줄을 만들었다.

"한나절 동안 콩밭 한 고랑도 다 못 맸으면 밥을 먹지 말아야지."

어느새 콩밭에 온 대감이 산울림이 퍼지도록 목청을 돋웠다. 도련님은 땡볕이 이렇게 따가운지 이전엔 미처 몰랐다. 손바닥엔 물집이 잡히고 허리는 두 동강이 나는 것 같다.

그날 밤, 등잔불 아래서 숙제를 하는 돌쇠와 땡볕에 등허리 화상을 입어 물수건을 얹고 낑낑거리는 도련님이나 둘 다 죽을상이다.

"안되겠어. 내일부터 제자리로 바꿔."

동시에 두입에서 터져 나온 말이었다.

어리석은 사위 대답의 대답

옛날 중부 지역에 사는 한 젊은이가 경상도 지방으로 장가를 갔다. 첫날밤에 장모가 술상을 차려 신방에 넣어 주고는, 이튿날 아침 자고나온 사위에게 의례적인 인사말로 어젯밤 넣어 준 술상이 보잘 것 없었지만 좀 먹고 잤느냐며 다음과 같이 말했다.

"어젯밤 넣어 준 좀것(보잘 것 없는 것) 좀 하고 잤는가?"

이 말에서 '좀것'이란 첫날밤에 넣어 준 술상을 두고 하는 말로서 '별로 잘 차려지지 않은 음식'이란 뜻이며, '좀 하고'라는 표현도 '술과 음식을 좀 먹고'라는 뜻으로, 모두 경상도 지역에서는 보통 겸손하게 자기 것을 낮추어 하는 말로 쓰이던 것이었다.

하지만 이 말을 중부 지방에서 간 사위는 다르게 이해할 수밖에 없었다. '좀것'이란 말을 '보잘 것 없이 생긴 내 딸, 즉 신부'로 알아들었고, '좀 하고'를 '밤새 잠자리를 몇 번 했나'로 알아들은 것이었다. 그래서 사위는 머뭇거리다가 이렇게 대답했다.

"예, 장모님! 세 판을 하고 잤습니다."

즉, 밤새 신부와 세 번 잠자리 한 것을 그대로 말한 것이었는데, 장모는 사위가 매우 어리석어 말귀를 못 알아들은 것으로 여기고 언짢아했다. 그래서 장모는 고개를 돌리고 혼잣말로 중얼거렸다.

"저 사람이 오히려 우리 돌금부보다 못하구먼."

이것은 사위가 집에서 일하는 '돌금부'라는 종보다 더 어리석다고 한 말이었는데, 이 소리를 들은 사위는 다른 뜻으로 알아들은 것이었다.

즉, 밤새 세 번 했다는 말에 대해, 겨우 그것밖에 못했으니 정력이 너무 약해 돌금부보다 못하다고 꾸짖는 것으로 받아들인 것이다. 그래서 사위는 화를 내면서 꿇어앉아 항의하듯 말했다.

"그 돌금부란 녀석이 어떤 영악한 놈인지 모르겠지만, 이 사위는 10여 일 동안 몇 백 리 길을 와서 지친 몸으로 짧은 밤에 내리 세 판을 했으면 장한 것이지 그게 어찌 부족하단 말입니까?"

이에 장모는 크게 놀라 다시는 아무 말도 하지 않았다.

여승

김참판은 그럴듯한 허우대에 인물 준수하고 언변 또한 좋아 자유자재로 사람들을 울리고 웃기는 재주를 가졌다.

열두 살에 초시에 붙고 열여섯에 급제를 한 빼어난 문필에 영특하기는 조선천지 둘째가라면 서러울 정도였다.

성품도 너그러워 그를 미워하는 사람이 없는데다, 선대로부터 재산도 넉넉하게 물려받아 나랏일을 하면서 일전 한 입 부정하는 일이 없으니 모든 사람들이 그를 우러 보았다.

부모에게 효도하고 형제간에 우애 있고 처자식에게 자상하였다.

그런데 그런 그에게도 하나의 흠이 있었으니, 여자를 너무 좋아하다는 것이었다. 노소미추(老小美醜), 신분고하(身分高下)를 막론하고 치마만 둘렀다하면 사족을 못 쓰는 것이다.

수많은 여자들을 섭렵했지만 말썽 일으켜 봉변당한 적은 한 번도 없었다. 남녀관계란 이불 속에서는 한 몸이지만 헤어지면 원수가 되는 법, 그러나 김참판을 거쳐 간 무수한 여자들은 어느 누구하나 그를 욕하는 법이 없었다.

김참판이 수월관 도화에게 싫증이 날 즈음, 다락골 오과부댁과 눈이 맞아 날만 어두워지면 그 집으로 갔다가 닭이 울 즈음 남의 눈을 피해 집으로 돌아왔다.

그날도 밤새도록 육덕이 푸짐한 오과부를 끼고 운우의 정을 만끽하다가 감나무가지에 걸린 그믐달을 보며 새벽녘에 집으로 돌아왔는데.

어라, 이게 무슨 변고인고? 안방에서 난데없이 목탁소리가 나는 것이 아닌가. 헛기침을 하고 안방 문을 열었더니 여승이 촛불을 켜놓고 눈물을 흘리며 불경을 외고 목탁을 치는 것이다.

"대감, 소녀는 오늘 아침 입산하기로 했습니다. 좋은 여자 구해서 안방을 차지하도록 하고 부디 만수무강하십시오."

부인이 삭발을 하고 여승이 된 것이다.

"부인!"

김참판이 침을 꿀꺽 삼키며 정적을 깼다.

"가만히 생각하니 부인 속을 많이도 태웠구려. 친구 부인, 하인 마누라, 술집 작부, 과부, 방물장수⋯ 온갖 여인 다 접해봤지만 아직 여승은 내 품에 품어보지 못했소."

하도 어이없어 입만 벌리고 있는 부인을 김참판이 쓰러뜨렸다. 부인이 발버둥 쳐보았지만 이내 발가락을 오므리고 김참판의 등을 움켜잡았다.

땀범벅이 된 부인이 옷매무새를 고치고

"못 말리는 대감."

하고 눈을 흘기며 싸 놓았던 보따리를 풀더라.

원만함이 좋으니라

한 노인이 젊어서부터 성격이 부드러워 매사에 원만함을 중심으로 삼았다. 그래서 사람들과 다투려 하지 않아 칭송을 받았으며, 늙어 백수가 되도록 한 번도 시비를 해본 적이 없었다. 이 노인에게 어느 날 갑자기 한 사람이 나타나 이렇게 말했다.

"어르신! 오늘 아침에 남산이 모두 붕괴되어 무너졌습니다요."

"아, 남산은 몇 백 년 묵은 산이라 바람과 비에 시달려 무너질 수도 있으니, 크게 괴이한 일은 아니지요."

이 대화를 옆에서 듣고 있던 다른 한 사람이 물었다.

"영감님! 어찌 그런 일이 있을 수 있단 말입니까? 아무리 오래 묵었다 해도 산이 어찌 무너지겠어요?"

"자네의 말도 옳구먼. 남산은 위가 뾰족하고 아래가 넓으며 바위와 돌로 단단히 뭉쳐 있으니, 바람과 비에 시달렸다 하더라도 쉽게 무너질 염려는 없을 걸세."

이렇게 얘기하고 있는 동안에 또 한 사람이 와서 말했다.

"영감님! 조금 전에 참으로 괴이한 이야기를 들었습니다."

"아니, 무슨 괴이한 이야기를 들었단 말인가?"

"예, 들어 보십시오. 소가 말입니다. 그 큰 몸집인 소가 쥐구멍으로 들어갔답니다. 그것 참 괴이한 일이 아니오니까?"

"어, 자네가 들은 얘기도 그렇게 괴이한 일은 아닐세. 소의 성품이 워낙 우직해서, 비록 쥐구멍이라 해도 밀어붙여 들어갔을 수 있으니 괴이하다 할 수가 없지."

그러자 옆에 있던 한 사람이 언성을 높였다.

"어떻게 그럴 수가 있습니까? 비록 소의 성품이 우직하다해도, 어찌 그 작은 쥐구멍으로 들어간단 말입니까?"

"자네 말도 역시 맞구먼 그려. 소는 머리에 두 뿔이 떡 벌어져 있으니, 그 뿔에 걸려 작은 굴속으로는 못 들어갈 걸세."

이와 같이 잠깐 사이에 노인은 여러 사람의 말을 모두 옳다고 하니, 듣고 있던 사람들이 이구동성으로 말했다.

"노인장은 어찌 이렇게도 줏대 없는 대답을 하십니까? 말도 안 되는 소리를 모두 옳다고 하니 어찌된 영문입니까?"

그러자 노인은 천천히 입을 열었다.

"이것은 내가 늙도록 몸을 잘 보전하고 있는 비결이니 그대들은 비웃지 마시구려. 내 이런 성품은 아마도 성질이 급해 잘 싸우는 사람에게 경계가 될 것이로세."

이 말에 모두들 일리가 있다면서 승복하더라.

이주국의 배짱

　　조선시대 영조 한양에 이주국이라는 한량
이 있었는데, 무과에 급제했지만 권신에게 미움을 사서 보
직을 못 얻어 속만 끓고 있는 신세였다.

　하루는 삼청동 뒷산에서 심심풀이삼아 활을 쏘며 소일하
고 있는데, 좋은 장끼 하나가 꺼껑 푸드덕하고 놀라서 날
아가기에, 겨냥해 쏘았더니 정통으로 맞고 그 아래 대궐
같은 큰 저택 뜰 안으로 떨어졌다.

　곧장 내려와 그 집 솟을대문 앞에서 하인을 불러 꿩을 내
놓으라고 호통을 쳤다. 하인은 대감의 세력만 믿고 그런
일이 없다느니, 있어도 내줄 수 없다느니 해 자연 언성이
높아지게 되었다. 이런 소란에 그 댁 청지기가 쫓아 나와
서, 대감마님 무슨 일 때문인지는 모르나 들어와서 얘기하
라고 하는 것이 아닌가.

　사랑 마당에 들어서서 곧장 층계 위로 올라 군례를 드리
니, 영창을 열고 내다보던 노대감은 우선 이주국의 장부다
운 기상에 호감이 가서 하인들을 꾸짖었다.

"남의 꿩이 들어왔으면 선선히 내어줄 것이지, 왜 일을 벌이느냐?"

하고 야단을 치니 그제야 하인들이 숨겨 놓았던 꿩을 내어온 것을 보니 화살이 장끼의 목을 꿰뚫고 있었다.

"자네 활솜씨가 대단하이. 그려! 내 마침 심심하게 앉아 있던 중이니 들어와 얘기나 좀 하세. 그리고 출출할 테니 술이라도 한잔하고…"

"그러시다면 이 꿩을 안줏감으로 드리겠습니다."

이리하여 주인과 마주 앉게 되었는데 이분이 다름 아닌 홍봉한이니, 당시 세자의 장인으로 권세를 한 손에 쥐고 있는 사람이었다. 홍대감이 허우대가 훤칠한 청년 이주국과 마주 앉아 얘기해보니 학식과 기개가 보통이 아니어서 시간가는 줄 모르고 있는데 부엌에서 장끼볶음을 안주로 술상이 나왔다. 잔을 주거니 받거니 웃음꽃을 피워가며 얘기를 나누다, 홍대감은 지필묵을 갖고 와 동생인 이조판서 홍인한에게 이주국에게 벼슬을 주라는 편지를 써서 하인을 시켜 당장 갖다 주라 이르고 다시 술잔이 오갔다. 술 한 호리병을 마시고 나자 심부름 갔던 하인이 답상을 들고 왔다. 이번엔 보직을 줄 수 없으니 다음에 보겠다는 내용이었다. 그것을 본 이주국은 다짜고짜 홍대감에게

"꿩 값을 주십쇼. 제 꿩은 산 것이었으니 예사 꿩 값 몇 곱을 주셔야 합니다."

이 말을 들은 홍대감은 부끄러워 이주국에게 돈을 던져

주었다. 그런데 이튿날 기별지에는 그의 보직이 발표되었다. 그 길로 번듯하게 군복을 갖춰 입고 제일 먼저 찾아간 곳은 홍봉한 대감댁이다.

"덕분에 한자리 했습니다. 어제 오죽이나 역정이 나셨겠습니까? 그 길로 그만두라는 쪽지를 보내셨을 것이고, 이조판서께서는 또 홍대감의 노여움이 대단하신 것으로 여겨 즉시 한자리 배정하신 겁죠. 그저 죄송합니다."

이 말을 들은 홍대감은 이주국에 배짱에 놀라며 껄껄 웃었다.

학질 치료에 좋다네

옛날에 한 대감이 있었는데, 말을 참 잘도 둘러댔다. 하루는 새벽에 미처 자리에서 일어나기도 전에 한 친구가 초헌(가마)을 타고 와서는, 새로 마련한 이 초헌이 어떠냐면서 자랑을 하는 것이었다.

이에 대감이 살펴보고는 매우 좋다고 말하니, 친구는 한 번 타보지 않겠느냐고 권했다.

그래서 대감은 호기심에 잠옷 차림으로 머리에 수건을 쓴 채 초헌에 올라탔는데, 친구는 미리 초헌을 메는 하인들에게 대감이 올라타면 쏜살같이 달리라고 일러 놓은 상태였다.

그리하여 초헌에 앉자마자 종들은 곧 큰길로 달려 나가, 사람들이 많은 곳으로 이리저리 메고 다녔다.

그러자 사람들이 쳐다보고 손가락질을 하면서,

"저 대감이 미쳤나? 어찌 저런 차림으로 초헌을 타고 대로를 유유히 왕래하는고?"

라고 말하며 웃는 것이었다. 이에 초헌을 타고 있던 재상은 함께 웃으면서 이렇게 둘러댔다.

"모두들 웃지 마시오, 이렇게 해야 학질이 금방 떨어진다
고들 합디다."
이 말에 사람들이 사실로 믿고 웃지 않더라.

거짓 의원 포식하다

서울에 사는 한 선비가 호남 지역을 지나다
가 어떤 마을을 보니 기와집이 즐비하기에, 날이 저물자
한 집으로 들어가자 그 집이 시골의 큰 부잣집이었다.

주인을 보아 하니 나이 사오십 세쯤 된 듯한데, 풍채가 아
름답고 집안 살림 또한 매우 화려했다. 게다가 손님에게도
좋은 술과 맛있는 안주로 잘 대접하는 것이었다.

이에 선비가 식사를 하면서 살펴보니, 그 집에 등이 굽어
곱사등이가 된 아이가 눈에 띄었다. 선비는 필시 이 집의
아들이려니 하고 묻자, 곧 주인의 외동아들로 등이 굽기
시작한 지 5,6년이 지났으며, 온갖 약을 써도 낫지 않아
큰 걱정이라고 했다.

그러자 선비는 슬그머니 장난이 치고 싶어 말을 꺼냈다.

"내 일찍이 의술을 공부하여, 이런 병을 고칠 수 있는 신
술을 지니고 있습니다. 의술은 병을 고치는 날짜가 매우
중요한지라, 수일 머문 후에 자세한 처방을 내드리겠습니
다."

이 말을 들은 주인은 크게 기뻐하여 만약 병을 고쳐 준다

면 큰 포상을 하겠다고 하면서, 그 날부터 진수성찬으로 대접을 하는 것이었다. 그래서 선비는 연일 포식을 하고는 사흘째 되는 날 이렇게 처방을 내려 주었다.

"이 아이의 병을 보아 하니 이미 고질병이 되었습니다. 따라서 신령스러운 비방이 아니고서는 고칠 수가 없겠습니다. 그러하니 황토에 잣나무 씨를 싸서 먹이고 하루가 지난 다음, 깨끗한 냉수에 예리한 도끼날을 씻어서 그 물을 한 그릇 마시게 하면 이 병은 곧 나을 것입니다."

그러자 주인은 이렇게 물었다.

"이전에 많은 의원들에게서 처방을 받아 보았습니다만, 이렇게 이상한 처방은 처음입니다. 어떤 연유로 그렇게 내리신 것인지 알려 주실 수는 없겠는지요?"

"아, 별로 어려운 처방은 아닙니다. 잣나무를 보면 항상 곧게 자라지 않습니까? 그래서 지금 씨를 흙으로 싸서 뱃속에 심게 되면, 곧 그 나무가 자라서 아이의 굽은 등을 바르게 할 것은 당연한 이치가 아니겠습니까?"

이에 주인은 도끼 씻은 물이 어떻게 곱사등을 고치는 데 도움이 되는지 이해할 수 없어 또 물었다.

"그렇다면 도끼 씻은 물은 왜 마셔야 합니까?"

"아, 그것은 말입니다. 잣나무가 자라는 동안 곁가지가 나게 된답니다. 그래서 계속 도끼로 그 가지를 잘라 주어야 잣나무가 곧게 자라기 때문이지요."

"그렇군요, 한번 시험을 해보겠습니다."

주인은 선비의 말에 믿음이 가질 않았지만, 그 처방대로 해보겠다면서 역시 좋은 음식을 마련해 잘 대접했다. 이튿날 선비는 주인에게 작별을 고하고 떠나갔다.

그 뒤 1년쯤 지나 선비는 다시 어떤 일로 그 마을을 지나게 되자, 호기심에 그 집 앞으로 가서 동정을 살폈다. 그랬더니 주인이 내다보고는 크게 기뻐하면서,

"내 언젠가는 의원께서 이곳을 지나칠 줄 알고 밖을 내다보면서 기다렸답니다. 어서 들어가십시다."

하며 손을 잡아끌어 집으로 데리고 들어가는 것이었다.

선비가 의아해 하며 따라 들어가 아이를 보니, 굽었던 등은 완전히 펴진 채 키가 자라 늠름한 젊은이의 모습이었다.

곧 주인은 깊이 감사를 하면서 값진 음식을 장만해 대접하고는, 떠날 때 많은 돈과 비단을 말에 실어 보내 주었다. 선비는 그 재물로 한평생 풍족하게 잘 살았다고 한다.

지나친 축약

        옛날 호조(戶曹)에 한 서리가 있었는데, 그 문장력이 정말로 한심한 수준이었다. 여러 가지 사건 보고서를 작성해 상관에게 올리는 것을 보면, 장황하게 단어만 늘어놓고 도무지 무슨 뜻인지 모르게 쓰곤 했다.
  보다 못한 상관이 하루는 이 서리를 불러 꾸짖었다.
  "자네가 쓰는 보고서는 도무지 무슨 말인지 알 수가 없으니, 지금부터는 요점만 들어 간략하게 작성하도록 하라."
  이 말을 들은 서리는 명령대로 시행하겠다면서 물러났다. 그리하여 다음날 이 서리가 상관에게 보고서를 올렸는데,
  '이판동고송(吏判東高送)'
  이라고 달랑 다섯 자만 적혀 있었다. 상관이 아무리 연구해 봐도 그 뜻을 모르겠기에, 주위 사람들에게 물었지만 아는 사람이 없었다. 그래서 할 수 없이 보고서를 작성한 그 서리를 불러 물어 보자, 그의 설명은 이러했다.
  "이는 '금일 이조판서(吏曹判書) 대감께서 동대문(東大門) 밖에서 고성군수(高城郡守)를 전송(餞送)했음'이란 뜻으로 쓴 것

이옵니다. 지난 번 상관어른께서 보고서를 간략하게 쓰라고 지시하시기에, 분부 받들어 이렇게 작성했사옵니다."

이에 상관은 크게 웃었고, 주위에서 듣고 있던 사람들도 모두 한바탕 웃음을 터뜨렸다.

진흙새 우는 소리

어느 마을에 가난한 부부가 잠자리를 함께 할 때에는 언제나 어린애들을 발치에 자게 하였다. 어느 날 밤 부부는 마침내 일을 시작하였는데, 그 흥분과 쾌락이 절정에 달하여, 몸부림을 치다가 이불이 말려들어 발치에 자던 아이가 이불 밖에 나와 떨어졌다.

이튿날 아침에 아이가 그 아비에게 묻기를

"아부지, 밤사이 이불속에서 진흙 밟는 소리가 나던데 이것이 무슨 소리예요."

아비가 말하길

"음, 그것은 진흙새 우를 소리니라"

아이가 다시 묻기를

"이 새가 주로 우는 때는 언제인데요?"

아비가 대답하되

"정한 때가 없이 시시때때로 우느니라.

아들이 얼굴을 찡그리며

"그 새가 울 때에는 어찌나 추운지 혼났어요."

그 말을 들은 아버지가 당황하여 아들의 머리를 어루만져 주었더라.

목숨을 나누는 친구

　　점잖은 선비 박진사의 늦게 본 외아들 박술은 머리는 총명하나 못된 친구들과 어울려 노는데 정신이 팔려 공부는 뒷전이었다. 어릴 땐 닭서리, 수박서리로 동네의 골칫거리더니 열댓 살이 되자 곳간에서 쌀을 퍼내 팔아서 색주집을 들락거리기 시작했다.

　어느 날 박진사는 아들을 불러 앉혀놓고

　"너는 어찌하여 의롭지 못한 친구들과 어울려 말썽만 피우고 다니느냐"

　박진사의 말이 끝나기도 전에

　"아버님, 유비 · 관우 · 장비가 도원결의를 맺은 것처럼 우리도 의형제를 맺어 목숨을 바쳐 서로 돕기로 한 좋은 친구들입니다."

　하는 것이 아닌가.

　그러던 어느 날 밤, 곤하게 자고 있는 박술의 방에 박진사가 살며시 들어왔다.

　"아버님 이 밤중에 어인 일이십니까?"

　"쉿! 초저녁에 길 가던 선비가 하룻밤 묵어가기를 청해 우리 사랑방에 들어온 건 너도 봤지?"

"네."

"그 선비와 맹자를 논하다가 언쟁이 붙어 목침을 던졌더니 그만 목침을 맞고 그 선비가 죽었지 뭐냐"

"정말 주, 주, 죽었단 말입니까?"

청천벽력 같은 박진사의 고백에 사랑방으로 가본 박술은 이불을 덮어씌워놓은 선비의 시체를 보고 얼어붙어 버렸다. 부자는 하인들 몰래 거적으로 시체를 말아서 박술이 그걸 짊어지고 뒷문으로 빠져나갔다.

"아버님 걱정 마세요. 봉출이네 헛간에 숨겨뒀다가 비 오는 날 친구들과 산에 묻어버릴게요."

봉출이네 집 앞에 가 박술이 살짝 봉출이를 불러내 자초지종 얘기를 했더니 목숨을 나눌 의형제라던 그는

"야! 너는 물귀신이냐. 살인사건에 왜 나를 끌어넣으려 해."

하고 문을 쾅 닫고 들어가 버렸다. 다시 발길을 돌려 만석이한테 찾아갔지만 그도 마찬가지였다.

"썩 꺼져 임마. 나보고 시체 유기를 하라고!"

굳게 닫힌 만석이네 대문 앞에서 박술은 분노의 눈물을 떨어뜨렸다.

박진사가 침묵을 깨며 입을 열었다.

"할 수 없다. 내 친구 집으로 가보자."

박진사가 앞서고 시체를 짊어진 박술이 뒤따라 솔개골 박
진사의 친구인 이초시 집으로 갔다.

"이 밤중에 어인 일인가?"

이초시가 놀라서 물었다.

박진사는 나그네 선비를 살인하게 된 경위를 설명했다.
이초시는 제 일처럼

"이 사람아 얼마나 놀랐겠나. 일단 우리 집 거름더미 속에
묻어뒀다가 다음 일을 궁리해보세."

이초시가 삽을 들고 와 거름더미를 파려고 할 때 박진사
왈

"선비님 이제 그만 일어나시지요."

거적에 쌓인 시체(?)가 일어났다.

이초시가 술상을 마련해오며 박진사에게

"야 이 사람아, 사람을 이렇게 속이는 법이 어디 있나."

"미안하이."

나그네 선비는

"두분의 우정이 부럽기만 합니다."

세 사람은 껄껄 웃으며 날이 새는 줄도 모른 채 술잔을 나누
고 뒷전에 앉은 박술은 쏟아지는 눈물을 주체할 수 없었다.

이튿날부터 박술은 친구들을 인연을 끊고 이를 악물고 공
부해 3년 후에 과거에 급제를 했다.

박생원의 학질 퇴치법

전라도 고부군에 박생원이라는 이가 살았
는데 용모가 추하고 형편없어서 사람들이 가까이 하기를
꺼려했다.

이 고을에 만원홍이라는 기생집이 있었는데 그중에서도
홍랑이라는 기생이 아름답기로 소문이 자자했다.

박생원은 꼬래 남자라고 못난 주제에 이런 홍랑과 한번 자
보기를 소원하였으나, 생긴 게 이렇다보니 아무리해도 뜻
을 이루지를 못하였더라.

이러던 중에 마침 홍랑이 학질에 걸려 신음하기를 거의 반
년이 넘었지만 백약이 무효라는 얘기를 들은 박생은 한 가
지 계책을 내어 소문을 내기를

"내 비록 한 가지 기술도 가진 것이 없으나 학질 떼는 기
술만은 백발백중이니라."

하고 퍼뜨리며 돌아다니니, 온 동네 사람들이 처음에는
믿지 않다가 시간이 지나자 과연 그런가 보다 하고 거의
다 믿게끔 되었다. 이 말이 학질에 걸려 고생하던 홍랑의
귀에 까지 들어가지 않을 리 없었다.

그리하여 한번 와서 보아 주기를 간절히 청하였는데에도, 그는 끝내 사야하는 척하다가 계속 간청하자 그제야 못 이기는 척하며 응하며 당부하기를

"만일 그대가 내 말을 쫓지 않으면 영영 학질을 떨어지지 않을 것이요."

하고 다시 이르되

"내일 꼭두새벽에 서너 너덧 자가 잘 되는 대막대기를 구하여 그 양쪽 구멍에 굵은 밧줄 한 자씩을 얽어매어 가지고, 아무도 모르게 이 뒷골 성황당 앞에서 나를 기다리시오. 그러면 내 틀림없이 학질을 떼어 주리다."

하고 말하니, 홍랑이 크게 기뻐하며 약속하였다.

이튿날 꼭두새벽에 생원이 성황당 앞에가 보니 홍랑이 이미 와서 대기하고 있는지라 생원이 홍랑의 대막대기를 땅 위에 놓게 하고 홍랑으로 하여금 막대기를 목침으로 하여 반듯이 드러눕게 한 다음, 튼튼한 밧줄로 홍랑의 두 팔과 손을 꽁꽁 묶어 놓고 차례로 옷을 벗기었다.

홍랑이 뭔가 이상하다고 생각을 했지만 지독한 학질을 고쳐준다고 하여 참고 견디는 중에 생원은 드디어 씨근덕거리며 마음대로 거사를 시작하였다.

그때서야 홍랑은 속은 줄을 알고 분함을 참지 못하였지만 이미 꽁꽁 묶여있는 처지라 어떻게 할 수도 없었고 일을 치르고 난 후에는 창피하여 어디 가서 하소연 할 수도 없었다.

그런데 한 가지 신통한 점은 그 일을 치르고 난 후에 반 년 동안이나 괴롭히던 학질이 씻은 듯이 나았던 것이다. 후에 이 일을 전해들은 사람들이 모두 포복절도하여 배꼽을 쥐지 않는 이 없었다.

독에 빠진 금지옥엽

　　팔판동 김대감은 딸만 여섯을 두고 한숨만 쉬다가 마침내 3대 독자를 얻었다. 눈에 넣어도 아프지 않은 아들을 지켜보는 게 김대감의 유일한 낙이다. 가야금 소리가 아름다운들 외아들 울음소리보다 더 좋으랴. 천하의 작명가를 불러 상훈이라 이름짓고 백일에는 온 동네 사람들을 다 불러 모아 3일이나 잔치를 벌였다.

　상훈이 탈없이 자라 여섯 살이 되자 서당에 보냈다. 어느 날 서당에서 집으로 돌아오던 상훈이 넘어져 정강이를 다치자 김대감은 서당으로 가 훈장님과 담판했다. 그리고 자기 집 사랑방으로 서당을 옮겼다. 넓고 깨끗한 김대감댁 사랑방이 서당이 되자 학동들도 좋아하고 훈장님도 입이 벌어졌다.

　김대감댁 행랑아범은 몇 년 전 상처를 하고 아들 하나를 데리고 사는 홀아비로, 마당도 쓸고 김대감의 심부름도 하는 하인이다. 행랑아범의 아들은 김대감의 3대 독자와 동갑내기로 서당 청소를 도맡아 했다. 학동들이 공부할 땐 방 안에 들어가지 못하고 문밖 처마 밑에서 부지깽이로 땅바닥에 글을 쓰며 귀동냥 공부를 했다.

어느 봄날, 학동들이 마당에서 돼지 오줌보로 축구를 하고 있었다. 어느 학동이 찬 공이 하늘 높이 뜨더니 마당가 장독에 빠지고 말았다. 3대 독자 상훈이 장독을 들여다보니 반 넘게 간장이 찬 독 속에 공은 떠 있는데 발가락으로서도 손이 닿을 듯 말 듯하다.

"어어어!"

공을 집어내리던 상훈이 장독 속에 거꾸로 처박혀버렸다. 장독 속에서 몸을 뒤집을 수 없어 상훈은 두발만 첨벙거리며 발버둥 쳤다. 또래 학동들이 발을 잡고 당겨봤지만 허사였다.

"사람 살려!"

학동들이 이리 뛰고 저리 뛸 때 행랑아범의 아들이 자기 머리통만한 돌멩이를 들고 달려와 장독 아랫부분을 내리쳤다. 퍽 소리와 함께 간장이 콸콸 쏟아지자 몰려온 사람들이 독 속에서 기절한 채 처박혀 있던 상훈이를 꺼냈다. 김대감은 새파랗게 질렸다.

마침 행랑아범이 어릴 때 강가에 살았는지라 물에 빠진 사람 응급처치법을 알고 있었기에 가슴을 치고 인공호흡을 해 상훈의 폐에 고인 간장을 토하게 하자 상훈은 살아났다. 이튿날 김대감이 행랑아범 부자를 불렀다.

"너희가 내 아들을 살렸다. 소원이 무엇이냐? 무엇이든 들어주겠다.”

“그냥 이대로 사는 게 소원입니다.”

행랑아범의 말에 김대감은 노비문서를 불태우고 집 앞에 아홉 칸 기와집을 지어 행랑아범 부자를 이사시켰다. 문전옥답 서른 마지기를 떼 줬으며 청상과부 침모와 혼례식도 올려줬다. 행랑아범의 아들은 김대감 아들과 의형제를 맺고 함께 서당에서 공부했다.

어수룩한 촌사람

서울 종로에서 가장 큰 원앙포목점의 곽첨지는 악덕 상인이다. 촌사람이 오면 물건 값을 속이고 바가지를 왕창 씌운다. 조강지처를 쫓아낸 후 첩을 둘이나 두고 화류계 출신 첫째 첩에겐 기생집을 차려줬고, 둘째 첩에겐 돈놀이를 시켰다.

어느 날 어수룩한 촌사람이 머슴을 데리고 포목점에 들어왔다. 곽첨지는 육감적으로 봉 하나가 걸려들었다고 쾌재를 부르며 친절하게 손님을 맞았다. 촌사람은 맏딸 시집보낼 혼숫감이라며 옷감과 이불감을 산더미처럼 골랐다.

곽첨지는 흘끔 촌사람을 보며 목록을 쓰고 주판알을 튕겨나갔다.

"선부 430냥입니다요. 이문은 하나도 안 남겼습니다요."

"우수리는 떼버립시다. 내후년에 둘째 치울 때는 에누리 한 푼 안 하리다."

"이렇게 팔면 밑지는 장산데…."

곽첨지는 짐짓 인상을 쓰면서 400냥에 합의를 봤다. 포목점 시동들이 보따리를 꾸리는데 촌사람 왈

"돈을 제법 가지고 나왔는데 패물 장만하느라 다 써버렸으니 조금만 기다리시오."

하고는 데리고 온 머슴에게

"만석아, 얼른 집에 가서 집사람에게 400냥만 받아 오너라."

명했다. 그러자 총각 머슴은

"나으리, 그래도 한두 자 적어 주시지요."

라며 머리를 긁적였다. 촌사람은 혀를 찼다.

"네놈이 집사람에게 신용을 단단히 잃은 모양이구나."

그 모양새에 눈치 빠른 곽첨지는

"확실하게 하는 게 좋지요."

라며 지필묵을 꺼내왔다. 촌사람이 소매를 걷자 오른손에는 붕대가 칭칭 감겨 있었다.

"끓는 물에 손을 데서…."

그가 붕대 감은 손으로 붓을 잡으려 애쓰자 곽첨지가

"제가 받아 적을 테니 말씀만 하시라."

며 얼른 붓을 받아들었다. 촌사람은 헛기침 후 문구를 불렀다.

"임자, 이 사람 편에 400냥만 얼른 보내시오."

곽첨지가 쓴 편지를 받아든 머슴이 휑하니 포목점을 나갔다. 곽첨지는 자기가 점심을 사겠다며 촌사람의 소매를 잡아끌었다. 두 사람은 포목점 뒤 순라 골목 주막에 가서 막걸리를 곁들여 푸짐하게 점심을 먹었다.

한데 화장실에 간 촌사람은 오지 않았고, 지겹게 기다리던 곽첨지가 화장실을 뒤져봐도 촌사람이 보이지 않는다. 포목점으로 돌아가 봐도 촌사람은 없고 돈 가지러 간 머슴도 오지 않았고 혼수 보따리만 덩그렇게 남아 있었다. 그때까지도 곽첨지는 안심했다.

"촌놈 여편네가 당장 400냥을 무슨 수로 구하겠어. 내일 오겠지."

그날 저녁, 첫째 첩에게 간 곽첨지는 청천벽력 같은 소리를 듣는다.

"아니 영감, 점심나절에 갑자기 400냥은 뭣에 쓰려고…."

깜짝 놀란 곽첨지는 대답도 안하고 돌아 나와 돈놀이하는 둘째 첩에게 달려갔다.

"영감 필적으로 그 사람 편에 400냥을 보내라고 했잖아요."

국수 훔쳐 먹는 신랑

한 고을에 매우 어리석은 사람이 있었다. 그가 장가를 갔는데, 이튿날 낮에 마침 국수를 만들어 주는 것이었다.

지금까지 한 번도 국수라는 말을 들어본 적이 없는 신랑은 단지 국만 먹어본 터라, 함께 식사하는 사람이 국수라면서 권하니 그것이 무엇인지 몰라 당황해 했다.

그리하여 어물거리다가 그만 먹어 보지도 못한 채 젓가락을 놓아 버리고 말았다. 한데 식사를 하는 동안 이것저것 물어 볼 수가 없어, 그저 국수라는 말만 기억하고 어떻게 만들어진 음식인지 몰라 큰 의문을 가졌다.

마침내 밤이 되어 신부가 들어오니, 신랑은 낮에 품었던 의문을 풀기 위해 신부에게 물었다.

"오늘 낮에 먹은 것이 국수라고 하던데, 그게 무엇이오?"

"아이참 서방님도, 국수를 모르십니까? 밥과 같이 먹는 국 있지 않습니까? 그 국에 면을 넣은 것이 국수인데, 아주 맛있답니다."

이에 신랑은 낮에 먹어 보지 못한 것이 후회가 되어 물었다.

"안에 혹시 그 국수 남아 있는 것 좀 없소?"

"예. 내일 아침 서방님께 드리려고 남긴 면을 버들 광주리에 담아, 주방 마루 위 시렁에 올려놓았답니다. 그러니 내일 아침이면 드실 수 있을 것입니다. 내 그 때 맛있게 말아 드리겠습니다."

그러자 신랑은 당장 먹어볼 생각으로, 변소에 다녀오겠다면서 밖으로 나갔다. 그리고는 살살 더듬어서 주방 마루로 올라가, 팔을 들고 이리저리 찾다보니 시렁이 손에 닿았다.

이에 곧 버들 광주리를 찾았는데, 그만 잘못하여 국수가 담긴 광주리를 바닥에 떨어뜨리고 말았다.

이 소리에 잠이 깬 장인은 도둑이 들어온 줄 알고 소리쳐서 식구들을 깨웠다. 이 때 신랑은 달아날 생각은 하지 않고, 바닥에 떨어진 면을 손으로 집어 먹고 있었다.

신방에 있던 신부는 신랑이 나간 뒤 요란한 소리가 나고, 도둑이 들었다는 부친의 외친 소리가 들리니, 필시 신랑의 소행으로 짐작하고 급히 문을 열고 나갔다.

이 때 부친이 얼른 불을 밝히라고 소리치니, 신부는 부엌 아궁이 속의 불씨를 입으로 불어 불을 붙이면서, 신랑이 피할 시간을 주기 위해 일부러 늦장을 부리고 있었다.

이에 부친이 빨리 좀 붙이라고 재촉하자, 신부는 자다 일어나 힘이 없어 그런 거라고 둘러댔다. 그리하여 한참 만에 등불을 밝히니, 신랑은 그 사이 마구간으로 몸을 피했다.

이 때 집에서 기르는 큰 개가 신부에게 달려와 꼬리를 흔들기에, 신부는 웃으면서 부친에게 말했다.

"아버님, 도둑이 아니고 이 개가 그랬나 봅니다."

"무슨 소리냐? 내가 방에서 나왔을 때는 분명히 사람이었는데. 그것 참, 괴이한 일이로다."

이 때 마구간에서 이 모습을 보고 있던 신랑은 나오는 웃음을 참을 수 없어 소리를 내고 웃으니, 그 소리를 들은 신부 역시 웃으면서 부친에게 말했다.

"아버님, 보십시오. 마구간에서 소까지 웃고 있습니다."

"그래, 그렇구나. 이만 들어가 자도록 해라."

이러고 부친은 방으로 들어가 버리더라.

꿀 한 방울

　　　　　사냥꾼 권씨가 개를 데리고 사냥을 나갔다.
그날따라 좀체 산짐승은 나타나지 않고, 모처럼 만난 노루
를 향해 쏜 화살은 빗나가고, 사냥개는 토끼 한 마리 제대
로 쫓지 못했다.

　털썩 주저앉아 담배를 한대 피우고 있는데 '애~앵' 바위
틈에서 벌들이 나왔다. 권씨가 나뭇잎을 긁어모아 불을 붙
여 연기를 바위틈으로 몰아넣자 벌떼들이 새까맣게 쏟아
져 나왔다. 권씨는 바위틈의 벌집을 뜯어 끄집어냈다. 꿀
을 가득 품은 석청을 딴 것이다. 노루 한 마리를 잡은 것보
다 더 큰 소득을 올린 권씨는 석청을 들고 산을 내려오다
가 윗동네 사는 임초시를 만났다.

"아따, 그거 석청 아닌가. 나한테 넘기지 그래."

"값만 좋으면야."

사냥꾼 권씨와 윗동네 임초시가

"이십냥 내라!"

"열닷냥만 하자."

밀고 당기며 흥정을 하는데 꿀 한 방울이 땅바닥에 떨어졌다. 그때 어디선가 나비 한마리가 꿀 냄새를 맡고 날아와 떨어진 꿀방울 위에 사뿐히 앉자 참새 한마리가 쏜살같이 날아와 나비를 물었다. 그 순간 임초시네 고양이가 번개처럼 달려와 앞발로 참새를 낚아챘다. 그러자 산에서 산토끼를 쫓다가 허탕을 쳤던 사냥개가 화풀이라도 하듯이 잽싸게 고양이를 물고 흔들었다.

임초시네 고양이는 피투성이가 되어 땅바닥에 내동댕이쳐졌다. 그 꼴을 본 임초시가 뿔이 나 장작개비를 들고 사냥개를 내리치자 사냥개는 '깨갱' 다리를 절며 권씨 다리 뒤로 숨었다. 사냥꾼 권씨의 뚜껑이 열렸다.

"이놈의 영감, 너 오늘 내 손에 죽었다."

권씨가 임초시의 멱살을 잡고

"이 개는 내 밥줄이야!"

라고 소리치자, 목이 졸린 임초시는 캑캑거리며

"이제 우리 집 곳간이 쥐 천지가 될 판이야!"

라고 맞고함을 질렀다.

'퍽!' 권씨의 주먹이 임초시의 수능이를 강타했다. 임초시는 이빨이 빠지고 입술은 퉁나발이 되었다.

둘의 싸움을 본 윗동네 장정들이 몰려나와 사냥꾼 권씨에게 몰매를 가했다. 권씨는 만신창이가 되어 혼절했다. 곧바로 권씨가 사는 아랫동네에 소문이 돌았다.

"권씨가 윗동네에서 맞아 죽었다."

아랫동네 여자들은 앞치마에 돌멩이를 담아 내오고 장정
들은 손에 손에 몽둥이를 들고 윗마을로 쳐들어갔다. 그때
자초지종을 지켜보던 노스님이 이렇게 중얼거렸다.
"전쟁은 이렇게 일어나는 법이여."

절

황참봉이 비단 마고자를 입고 뒷짐진 손에 장죽을 들고 집을 나서면 마주치는 사람마다 황참봉에게 절하지 않는 사람이 없다.

"어르신 행차하셨습니까?"

"음."

서당 다녀오는 아이들도 코가 땅에 닿을 만큼 허리를 굽혀

"참봉할아버지 만수무강하십시오."

하고 인사를 했고, 물동이를 인 아낙들도 물동이를 땅에 내려놓고

"어르신 안녕하십니까?"

허리를 굽혔다.

심지어 황참봉의 연배들도 허리 숙여 인사했다. 불룩 나온 배를 뒤뚱거리며 저잣거리를 걸어가도 황참봉은 인사받기에 바쁘다. 황참봉은 이 고을 사람 모두가 자신을 우러러 보는 게 흡족해서 때때로 이 골목 저 거리를 돌아다닌다.

그러던 어느 날 비가 세차게 내리던 밤, 삿갓을 눌러쓰고 둑길을 걸어 집으로 가던 황참봉은 그만 발이 미끄러져 황토물이 거칠게 흐르는 개천에 빠지고 말았다.

 그는 허우적거리며 기어 나오려고 했지만 폭우로 불어난 물은 그를 삼켰다 뱉어내기를 반복했다. 결국 그는 정신을 잃었다.

 시간이 얼마나 흘렀을까. 콰르르 폐에 가득 찼던 물을 쏟아내며 황참봉은 정신을 차렸다. 그를 떠내려가는 개울에서 건져내 인공호흡을 시켜 목숨을 살린 사람은 임가였다.

 둑길에 누운 황참봉은 희미하게 보이는 임가를 보고

 "자네가 나를 살렸군!"

 하며 몇번 긴 숨을 몰아쉬었다.

 "자네, 까치골 밭뙈기 다섯 마지기를 부치고 있지?"

 "네, 그러합니다."

 "자네는 내 생명의 은인이네. 그 밭뙈기는 물론 문전옥답 열 마지기를 자네에게 주겠네."

 그 말에 기뻐서 펄쩍 뛸 줄 알았던 임가가 죽을상을 짓더니 한다는 말이,

 "참봉어른, 사양하겠습니다."

 황참봉이 깜짝 놀라 임가에게 물어봤다. 그러자 임가가 답하기를,

 "참봉어른, 제가 어른을 살려주고 전답을 받았다는 사실

이 알려지면 저는 고을 사람들에게 맞아 죽습니다."

황참봉은 벼락에 맞은 듯이 놀랐다. 사실 온 고을 사람들이 황참봉에게 허리 굽혀 인사하는 것은 그를 존경해서가 아니라 그를 겁냈기 때문이다.

그는 보릿고개에 장리쌀을 놓아 소작농들의 농토를 모두 다 빼앗았고 인사를 제대로 하지 않는 사람은 소작을 박탈했다.

비 오는 그날 밤도 그는 수절하는 과부를 겁탈하고 오는 길이었다.

"서당 하굣길의 아이들이 내게 절하는 것도 부모들이 소작을 빼앗기지 않게 하기 위함인가?"

황참봉은 둑길에 퍼질러 앉아 엉엉 울었다.

황참봉은 장리쌀을 놓아 뺏은 논밭을 모두 다시 돌려줬다. 그러자 온 고을 사람들이 그에게 절을 했다.

진짜 마음에서 우러나오는 절을….

산삼이냐 장뇌냐

        치악산 아래 주막집에 콜록콜록 기침을 해
대는 삐쩍 마른 촌사람이 암소와 송아지를 데리고 와 하룻
밤 묵어가기를 청했다. 촌사람은 소를 마당가에 매어 두고
우물가에서 풀을 베어 소에게 던져 줬다. 어둠살이 내릴
무렵 주모가 저녁상을 차려 냈다. 바로 그때 주모 남편이
덩실덩실 춤을 추며 망태기를 메고 마당으로 들어서면서

"심봤다!"

고함을 질렀다.

"뭐, 뭐요? 마침내 당신이 산삼을 캤구려."

주모 부부는 기쁨에 겨워 서로 끌어안고 펄쩍펄쩍 뛰었
다.

"산삼이 어떻게 생겼는지 어디 한번 봅시다."

촌사람이 다가가자 주막집 주인이 망태기 열어 얼른 보여
주며

"백년도 넘은 것이요."

라며 은근히 자랑했다.

주막집 주인은 호미를 들고 마당가에 가더니 땅을 판 후 산삼을 심고 소쿠리로 덮었다.

그날 밤, 밤은 깊어 삼경인데 콜록콜록 기침을 하던 촌사람이 기어이 피를 토하고 벽에 기대어 가쁜 숨을 몰아쉬었다. 그는 폐병 환자였다. 촌사람은 갑자기 일어나더니 마당으로 나가 산삼을 뽑아 들고 와그작와그작 씹어 먹기 시작했다. 바로 그때 주막집 주인이 나오더니 삐쩍 마른 촌사람의 멱살을 잡았다.

"주, 주인장, 산삼 값으로 저 송아지를 드리리다."

"어림없는 소리!"

한참을 밀고 당기고 하던 두 사람은 막걸리 한 사발씩 마시고 진정이 되었다. 주막 주인이 말했다.

"그 산삼을 팔면 황소 세 마리 값은 받을 수 있는데 내가 특별히 선처하니 어미 소와 송아지 두 마리 모두 내놓으시오."

"나 좀 봐주십시오. 어미 소가 없으면 우리 식구는 굶어 죽습니다."

촌사람이 통사정해도 막무가내다. 이튿날 두 사람은 농헌으로 가 사또 앞에 서게 되었다. 자초지종을 듣고 난 사또는 따로 육방관속을 모았다.

"무엇인가 이상하다. 백년 묵은 산삼을 캤으면 보물처럼 안방에 보관해야지, 어째서 남 보는 앞에서 마당에 심는가. 그리고 손님이 삼경에 그걸 씹어 먹는데 어떻게 주인이 현장을 덮칠 수 있는가. 미끼를 던져 놓고 밤새 지켜보고 있었던 것 같은데….”

“소인들도 같은 생각입니다요.”

이방이 촌사람을 불러 귓속말을 하고 의원을 불러왔다. 사또가 동헌에 정좌했다.

“의원은 들어라. 뱃속에 들어갔더라도 산삼과 장뇌를 구분할 수 있는가?”

“전혀 어렵지 않습니다.”

“여봐라, 산삼을 훔쳐 먹은 저 사람의 배를 갈라라. 산삼이 아니면 주막집 주인은 평생을 감옥에서 살고 전 재산은 저 사람의 처자식에게 줘야 한다.”

그 말에 파랗게 질린 주막집의 주인이 땅바닥에 머리를 처박았다.

“사또 나리, 한번만 살려 주십시오.”

사또의 추리는 한 치의 오차도 없었다. 사또의 주선으로 촌사람은 약 열 첩과 주막집 주인이 내놓은 묵직한 벌금 전대를 차고 소 두 마리를 끌고 집으로 갔다.

하문으로 들어간 쥐
(鼠入其穴)

한 시골 마을에 남편이 일찍 사망하고 아이도 없이 혼자 사는 과부가 있었다. 이 부인은 하얀 피부에 요염하게 생겼으니, 남자들이 한번 보고는 유혹을 느껴 마음이 산란해질 지경에 이르곤 했다.

부인의 집은 살림이 넉넉한 편으로 머슴 총각 하나를 데리고 농사를 지으며 살았는데, 이 머슴은 우둔하고 무식하여 숙맥(菽麥)을 구분하지 못할 정도였으며, 특히 남녀의 음양사에 관해서는 전혀 알지 못해 과부 집 머슴으로는 적격이었다.

하루는 이 부인이 방안에 앉아 있는데, 그 한 귀퉁이에 쥐구멍이 있어 작은 쥐 한 마리가 들락거리는 것이 보였다.

'아니, 저것 봐라. 내 자고 있을 때도 저렇게 마음대로 들락거리고 있었단 말이지. 저 놈을 꼭 잡아야겠구나.'

이렇게 생각한 부인은 이튿날 물을 끓여 가지고 와서는, 그 구멍 앞에 두 무릎을 벌리고 앉아 바가지로 뜨거운 물을 붓기 시작했다.

이에 쥐가 뜨거워 견디지 못하고 뛰어나오면서, 앞에 사람이 있는 것을 미처 보지 못하고 그대로 돌진하다가, 그만 부인의 넓은 바짓가랑이 속으로 들어가게 되었다.

그리하여 어디 들어갈 데를 찾던 쥐는, 벌어져 있는 부인의 음호(陰戸)를 헤치고 안으로 들어가 숨었다.

한데 안이 어둡고 막혀 있어 몸을 이리저리 돌리며 헤매니, 부인은 그곳이 흔들리는 듯 마찰이 느껴져 이상 야릇한 감흥이 일면서 기분이 좋아졌다.

이에 한참이 지나니 아프기도 하고 거북하기도 하여,

'어떻게 해야 이놈을 나오게 할 수 있을까? 이대로 두었다간 견디기 힘들 테니, 무슨 수를 써서라도 나오게 해야겠는데….'

라고 생각하며 한참 동안 머리를 굴리다가 한 가지 묘안이 떠올랐다. 곧 부인은 손뼉을 치면서 혼자 소리쳤다.

"옳거니, 머슴 총각을 시켜 내 음호에 음양 행사(陰陽行事)를 시키면, 쥐가 견디지 못하고 나오게 될 것이 아닌가?"

그러자 즉시 부인은 큰소리로 머슴을 불렀다.

"애야, 어디 있느냐? 방에 일이 있으니 얼른 들어오너라."

그 소리에 머슴은 하던 일을 멈추고, 손을 털며 방안으로 들어왔다. 그러자 부인은 자세한 설명도 없이, 머슴의 바지 끈을 풀어 내리고 이불 속으로 끌어다 눕혔다.

본래 머슴은 우둔하여 남녀 교합을 모르고 있었으니, 무슨 일을 하는지 알지 못한 채 주인이 시키는 대로 따르는 것이었다.

이에 부인은 자신의 아랫도리를 드러내고 머슴을 그 위에 엎드리게 한 뒤, 양근을 끌어다 음호에 접속시켰다.

머슴은 그것이 무슨 행위인지 알지 못하고 그대로 따르는데, 부인은 머슴의 몸통을 두 손으로 잡아 오르락내리락 하도록 유도했다.

처음에는 뭔지도 모르고 따라하던 머슴은 점점 기분이 야릇해지고 감흥이 일어나니, 얼마 후에는 스스로 상하 운동을 전개하면서 저절로 속도가 빨라지는 것을 느꼈다.

이런 사정을 모르는 쥐는 그 속에서 헤매다가 무엇이 압박하는 듯하여 살펴보니, 끝이 뾰족한 몽둥이 같은 것이 들어왔다 나갔다 하는데 점점 가까이 들어오는 것이었다.

'저건 분명히 날 잡으려고 막대기로 쑤시는 모양인데!'

이렇게 생각한 쥐는 생존을 위해, 있는 힘껏 그 몽둥이한테 덤벼들어 물어 버렸다. 그 때 머슴은 기분이 고조되다가 갑자기 습격을 받고 어찌나 아프던지, 외마디 소리를 지르며 몸을 날려 옆으로 벌렁 나가 떨어졌다.

이 때 머슴의 양근이 급히 빠져 나가는 그 흡인력(吸引力)에, 쥐도 따라서 빨려나와 밖으로 튀어나오니 그대로 달아났다.

이에 부인은 소기의 목적을 달성했다는 생각에 기분이 매우 좋았으나, 머슴은 뜻하지 않게 물린 양근 끝이 아파서 여러 날 동안 일도 제대로 하지 못하고 고생만 했다.

이후로 부인은 이미 머슴과 호합 관계를 가졌으니, 그를 불러들여 온갖 교태를 부리며 유혹해 보았으나 아무런 반응을 보이지 않고, 오히려 자꾸 피하면서 말하는 것이었다.

"여인의 뱃속에는 날카로운 이빨을 가진 쥐가 들어 있어, 접근했다간 거기에 물려 큰 고생을 한단 말이야!"

이에 머슴은 한평생 여자를 가까이 하지 않았다.

기막힌 인연

　　사주팔자를 보고 택일도 해 주는 허봉사는 앞 못 보는 장님이지만 족집게로 소문나 운세를 보려는 손님들로 문전성시를 이룬다. 돈도 알뜰히 모아 번듯한 기와집에 마음씨 고운 색시도 얻었다. 하지만 지난해 들어온 마누라는 벙어리다. 말 잘하고 돈 잘 버는 장님 남편에 영리하고 마음씨 고운 벙어리 마누라는 이날 이때껏 부부싸움 한번 없이 집안에 웃음소리가 끊어질 날이 없었다.

　그러나 허봉사 내외를 보는 친지들은 걱정이 태산이다. 둘 다 장님이라면 말로 소통이 될 터이고 둘 다 벙어리라면 글이나 손짓 발짓으로 소통하면 될 터인데, 말로 하자니 마누라가 막히고 글이나 손짓 발짓으로 하자니 허봉사가 깜깜이니 무슨 수로 서로 뜻이 통할꼬! 그러나 그것은 기우에 지나지 않았다.

　어느 가을날 저녁. 허봉사가 일을 마치고 벙어리 마누라와 겸상으로 주거니 받거니 저녁식사를 마친 후 맛있게 담배 한모금을 길게 내뿜는데 갑자기 밖에서 웅성거리는 소리가 들렸다.

"부인, 대문 밖에 나가 보시오. 무슨 일이 생겼는지?"

벙어리 부인이 나갔다가 한참 만에 돌아왔다.

"무슨 일이오?"

허봉사가 궁금해서 묻자 벙어리 부인이 다가와 앉아 자신의 옷고름을 풀고 허봉사 손을 끌어 와 자기 유방 사이에 사람 인(人)자를 쓰게 하고 양쪽 젖꼭지를 만지게 했다. 허봉사가 고개를 끄덕이고 빙긋이 웃으며,

"사람 인 양 옆에 젖꼭지 두 점이 있으니 불 화(火)자라. 어디서 불이 난 모양이네. 그런데 어디서 불이 났지?"

벙어리 마누라가 허서방의 손을 당겨 자신의 치마 밑으로 끌고 가 옥문에 갖다 댔다. 허봉사가 마누라 옥문에 손가락을 갖다 대자 젖꼭지를 만진 뒤끝이라 옥문이 흥건히 젖었다.

"알겠네. 강 건너 양근산과 음문산 산자락이 서로 맞닿는 골짜기, 물 많은 동네 수동(水洞)에서 불이 났구면."

벙어리 마누라는 딱딱 맞추는 남편이 대견해서, 그리고 아직도 치마 밑에서 손을 빼지 않고 수동 언저리를 맴도는 게 좋아 허봉사를 꼭 껴안았다.

"수동마을 누구네 집에서 불이 났지?"

허봉사의 물음에 마누라는 허서방 목을 껴안고 입을 맞췄다.

"그렇지. 입 구(口)자 두개가 합쳤으니 여(呂)서방 집에 불이

났구먼. 그런데 얼마나 탔다던가?"

마누라는 허서방 허리춤에 손을 넣어 양근을 잡고 부드러운 손놀림으로 꼿꼿이 세웠다.

"어허, 이 일을 어쩔꼬. 다 타고 기둥만 남았네. 내일 쌀 한가마 보내야겠군."

아직도 허봉사의 손은 마누라의 옥문을 휘젓고, 마누라의 손은 허봉사의 곧추세운 양물을 쥐고 있다. 곧 호롱불이 꺼지고 허봉사 집 안방은 구들장이 꺼질 듯 흔들렸다.

시어미는 더했다

한 마을에 시집을 온 신부가 있었다. 그 신부는 행동에 조심성이 없어, 마을의 젊은 총각들과 거리낌 없이 만나 농담을 하며 붙잡고 장난을 하기도 했다. 게다가 건넛마을 사는 김씨 총각과는 특히 깊은 관계를 맺어, 서로 어울려 놀기도 했다.

하루는 시어머니가 외출하고 없는 사이 그 김씨 총각이 와서 난잡하게 놀고 있는데, 시어머니가 돌아와서 그만 들키고 말았다.

이 때 총각은 재빨리 달아났지만, 시어머니는 난잡하게 노는 며느리를 보고서 화를 내며 붙잡고 앉아 꾸짖었다.

"너는 시집온 지 얼마 되지 않은 새댁으로, 남편 몰래 총각과 추잡한 행동을 하며 놀아나는 것은 있을 수 없는 일이다. 그러니 네 남편에게 일러서 엄한 벌을 받게 하겠노라."

시어머니는 이렇게 말만 하고, 끝내 아들에게는 이르지 않았다. 그리고는 매일 조금만 눈에 거슬리는 일이 있으면 며느리를 붙잡고, 김씨 총각과의 일을 들추면서 아들에게 얘기하겠다며 협박을 하는 것이었다.

이렇게 오랫동안 시어머니는 정작 아들에게 말도 하지 않으면서 계속 며느리를 위협하니, 신부는 그 일 때문에 걱정이 되어 밥맛이 떨어지고 얼굴에 수심이 가득해졌다.

하루는 또 시어머니가 무슨 일로 김씨 총각을 거론하며 야단을 쳐놓고는, 친척집에 일이 있어 나갔다.

이에 신부가 근심 어린 얼굴로 눈물을 흘리고 있는데, 마침 이웃에 사는 한 노파가 찾아왔다. 그리고는 신부가 울고 있는 모습을 보고 묻는 것이었다.

"새댁은 무슨 일로 이렇게 근심에 쌓여 울고 있는고?"

"예, 제가 어느 날 건넛마을 김씨 총각과 좀 난잡하게 놀다가 그만 시어머니에게 들키고 말았습니다. 그 뒤로 시어머니께서는 날마다 그 일을 들먹이면서 남편에게 이르겠다고 협박하며 꾸짖으니, 그 고통을 견디기가 어려워 근심에 쌓여 있습니다."

이 말을 들은 노파는 두 손을 들어 내저으며 크게 한바탕 웃고는, 다음과 같은 이야기를 들려주었다.

"새댁 잘 들어요. 새댁 시어머니는 젊은 시절 건넛마을 김풍헌이란 자와 바람이 나서, 틈만 나면 함께 어울려 옷을 벗고 속살을 맞대 그 장난질을 하며 놀아났다오. 결국 그 난잡한 행동은 온 동네에 알려졌고, 마침내 강상(綱常)을 해친 죄를 물어 조리돌림을 당했지. 곧 한 아름이나 되는 큰 북을 짊어지고 세 동네를 돌아야 하는 수모를 당했다니까. 그래 놓고 무슨, 누구를 난잡하다고 책망을 해? 새댁! 시어머니가 또다시 그 일로 꾸중하거든, 이 말을 한번 꺼내 보구려.”

이 이야기를 듣고 새댁은 매우 기뻐했다. 이튿날 또다시 시어머니가 김씨 총각을 들추며 꾸짖기에, 신부는 어제 노파에게서 들은 이야기를 조용히 꺼냈다.

“어머님은 젊었을 때 저보다 더 심하게 바람을 피우시고서, 왜 날마다 저의 일을 들추시며 나무라십니까?”

“뭐라고? 내가 젊었을 때 무슨 일이 있었다고 그러느냐?”

“그럼 아무 일도 없었다고요? 어머니는 옛날에 김풍헌이란 분과 밤낮으로 만나 옷을 벗고 난잡한 행동을 하다 발각되어, 큰북을 짊어지고 세 동네를 돌아야 하는 수모를 당했다던데요? 그런데 왜 저만 자꾸 꾸짖으면서 아무 일도 없었던 것처럼 말씀하십니까?”

이에 시어머니는 화를 내면서 소리쳤다.

“애야! 누가 너에게 그렇게까지 크게 부풀려 말했단 말이냐? 얼토당토않은 소리를 해줬구나! 그 당시 나는 큰북이 아니라 작은 누룩 덩이만한 소고(손잡이가 있는 작은북)를 들고, 세 동네가 아니라 겨우 두 동네 반을 돌고서 왔는데, 누가 그렇게 악의적으로 부풀렸는지 모르겠다. 그런 말도 안 되는 소린 하지도 말라고 해라!”

이렇게 시어머니는 말했지만, 이후로는 며느리에게 꾸중 한번 하지 않고 잘 대하더라.

식지 않는 성욕

　　　　　어떤 양반댁에서의 일이다. 늙은 대감이라
는 게 주책도 없지, 종년을 시켜 이부자리를 펴러 들여보
내면 매번 그냥 돌려보내지 않는 눈치다.
　마나님이 그 거동을 알았으나 며느리·손자며느리까지
있는 점잖은 터수에 집안 시끄럽게 떠들 수도 없고, 그러
고 보니 대감은 날로 수척해 가는 것만 같고….
　방 윗목에 놓은 물그릇이 쩡쩡 어는 어느 몹시 추운 겨울
날 밤이다. 마나님이 가만히 보니 대감 사랑방에 살짝 들
어간 종년이 나오지를 않는다. 마나님은 부엌으로 가 간단
하게 약주상을 차리고 식혜와 홍시를 소반에 담아 때맞춰
일부러 잔기침에 신발을 끌며 대감방으로 향했다.
　대감이 막 포동포동한 것을 애무하는데 안마당에서 발자
국 소리가 점점 가까워진다. 옷을 입힐 겨를도 없이 다락
을 열고 발가벗은 종년을 올려 보냈다. 옷가지는 펴놓은
이부자리로 덮어 가리고….
　그러는데 마나님이 소반을 들고 들어선다.
　"방이 춥지나 않으셔요?"

대감은 찜찜하니 부인이 따라주는 약주 한잔을 비웠다. 그런데 그만 좀 가주었으면 좋으련만, 자꾸만 얘기 실마리를 꺼낸다.

"셋째 혼기가 닥쳐오는데 어디 마땅한 데라도 있으세요? 손자며느리 친정아버지 회갑이 가까워 오는데 무얼 해보내야 하죠? 절에 공부하러 간 셋째 손자는 요새 잘 있는지 옷도 보낼 겸 누굴 좀 보내 보셔야죠?"

대감은 얘기가 통 귀로 들어가질 않는다. 그래 눈을 게슴츠레하게 뜨고 선하품을 자꾸 한다. 마나님은 속으로 웃었다.(요만큼 지냈으면 약이 되었겠지…)

"고단하실 텐데 그만 쉬세요."

마나님이 일어나 나간 뒤 대감은 벌떡 일어나 다락문을 열었다. 간신히 끌어내리고 보니 빳빳한 동태가 돼 쪼그리고 앉은 채 다리도 펴지 못한 종년이 무슨 말을 하려는 모양인데 얼마나 얼었던지 다닥다닥 아래 위 이만 부딪힌다.

문지르고 주무르고 얼마동안 수선을 떨어서 간신히 옷을 입혀 보냈다.

다음날 이른 아침부터 부엌에서는 콜록콜록 기침소리가 멈추질 않는다. 마나님이 빙긋이 입가에 미소를 띠며 부엌으로 들어갔다.

계속 기침을 해대는 종년의 등을 어루만지며 다정한 목소리로 말했다.

"고뿔이 단단히 들었구나, 네 방이 춥더냐? 아니면 찬물에 목욕이라도 했냐?"

종년은 고개를 푹 숙인 채 모기소리만 하게 말했다.

"아니에요."

마나님은 능청스럽게 말했다.

"엊저녁 네가 대감 방에 이부자리 펴주러 갈 때만 해도 기침을 안 했는데…."

그날 밤, 종년이 그 전처럼 이불을 펴러 오자 대감이 또 손을 잡아당겼다.

"싫어요, 누구 얼어 죽는 꼴 보고 싶으세요?"

멀리서 종년이 대감 방에서 금방 나오는 걸 보고 마나님은 빙긋이 웃었다.

효불효교

　　　　　뼈대 있는 가문이라고 시집 왔더니 초가삼
간에 화전 밭 몇 마지기가 전 재산이다.
　정신없이 시집살이 하는 중에도 아이는 가졌다. 부엌일에
농사일 하랴 길쌈 삼으랴, 저녁 설거지는 하는 둥 마는 둥
파김치가 돼 안방에 고꾸라져 누우면 신랑이 치마를 올리는
지 고쟁이를 내리는지 비몽사몽간에 일은 치른 모양이다.
　아들 둘 낳고 시부모 상 치르고 또 아이 하나 뱃속에 자리
잡았을 때 시름시름 앓던 남편이 백약이 무효, 덜컥 저 세
상으로 가버렸다. 유복자 막내아들을 낳고 유씨댁이 살아
가기는 더 바빠졌다. 혼자서 아들 셋을 키우느라 낮엔 농
사일, 밤이면 삯바느질로 십여 년을 꿈같이 보내고 나니
아들 녀석 셋이 쑥쑥 자랐다. 열여섯 큰아들이
"어머니, 이젠 손에 흙 묻히지 마세요."
하며 집안 농사일을 시원시원하게 해치우고, 둘째는 심마
니를 따라다니며 약초를 캐고 가끔씩 산삼도 캐 쏠쏠하게
돈벌이를 하고, 셋째는 형들이 등을 떠밀어 서당에 다니게

됐다.

세 아들이 효자라, 맛있는 걸 사다 제 어미에게 드리고 농사는 물론 부엌일도 손끝 하나 못 움직이게 했다.

살림은 늘어나고 일을 하지 않으니 유씨댁은 몇 달 만에 새 사람이 됐다. 새까맣던 얼굴이 박꽃처럼 흰해지고 나무 뿌리 같던 손이 비단결처럼 고와졌다. 문제는 밤이 길어진 것이다. 베개를 부둥켜 안아 봐도, 허벅지를 꼬집어봐도 잠이 오지 않는 것이다.

마침내 유씨댁은 바람이 났다. 범골 외딴집에 혼자 사는 홀아비 사냥꾼과 눈이 맞았다. 농익은 30대 후반 유씨댁이 한 번도 느껴보지 못한 남자 맛을 알게 된 것이다. 삼형제가 잠이 들면 유씨댁은 살며시 집을 나와 산허리를 돌아 범골로 갔다. 어느 날 사경 녘에 온몸이 물에 젖은 유씨댁이 다리를 절며 집으로 돌아왔다.

개울을 건너다 넘어져 발을 삔 것이다. 세 아들은 제 어미 발이 삐었다고 약방에 가서 고약을 사오고 쇠다리 뼈를 사와 고아줬다.

며칠 후 유씨댁은 발의 부기가 빠지고 걸을 수 있게 되자 또 다시 아들 셋이 잠든 후 집을 빠져 나와 범골로 향했다. 유씨댁은 깜짝 놀랐다. 개울에 다리가 놓여 있는 것이다. 사람들은 그 다리를 효불효교(孝不孝橋)라 불렀다. 이승에 있는 어미에게는 효요, 저승에 있는 아비에게는 불효인 것이다.

약사발 정성

　　　　　　노서방은 남이 놀 때 일하고 남들이 술 마실 때 냉수 한사발로 목을 축이고 남들이 쌀밥을 먹을 때 강조밥을 먹으며 한푼 두푼 모았다.

　노서방에게 시집온 길안댁도 부창부수라, 노서방보다 더 악착스러워 낮에는 농사일, 밤이면 삯바느질, 큰일 치르는 집에서는 일손을 거들어주며 품삯을 모았다. 농사를 끝낸 늦가을부터 노서방은 새우젓장수를 하고 길안댁은 방물장수를 했다. 어디서 논밭이 나오기만 하면 두꺼비 파리 잡아먹듯 널름 낚아채는 것은 노서방이다. 그 바쁜 중에도 부부간에 금슬이 좋아 가을무 뽑듯이 3년 터울로 아들 셋을 쑥쑥 뽑아냈다.

　노서방이 마흔이 되자 사람이 변했다. 기와집을 짓고 땟국이 흐르던 옷을 벗어던지고 황금빛 비단 마고자에 정자관을 쓰고 집에 하인들을 부렸다. 참봉 벼슬을 사서 사람들은 그를 노참봉이라 불렀다. 뒷짐을 지고 장죽을 물고 주막출입을 하며 동네사람들에게 술도 샀다. 어느 날 얼근

히 술에 취해 안방에 들러 길안댁 치마끈을 풀었더니 허리
는 절구통이요, 손은 나무뿌리요, 얼굴은 가뭄에 갈라진
논바닥인데 여덟팔자로 누워 귀찮다는 듯이 하품까지 해
댄다.

노참봉은 마침내 저자거리에 첩살림을 차렸다. 포동포동
한 걸 껴안는 재미도 재미려니와 노참봉을 위하는 일이 하
도 지극정성이라 감탄이 절로 나온다. 첩은 노참봉 가슴속
을 꿰뚫어보며 입속의 혀처럼 노참봉이 말하기도 전에 가
려운 곳을 긁어준다. 베갯머리송사에 넘어간 노참봉이 첩
의 오빠 장사밑천을 대주고 첩의 친정에 논밭 사주느라 그
동안 땀 흘려 사놓은 문전옥답은 하나둘 떨어져 나갔지만
가끔씩 본집에 들르는 노참봉에게 길안댁은 바가지를 긁
지 않는다.

노참봉이 몸이 쇠하여 한의원에 가서 산삼·녹용과 온갖
비싼 약재를 넣은 대보탕을 지어왔다. 약 먹는 중엔 정을
삼가라는 한의원의 신신당부에 본집에 머물렀다. 길안댁
이 약탕관을 끼고 사는데도 약사발은 많았다 적었다 들쭉
날쭉 이다.

"정성이 없어 정성이!"

참봉은 냅다 고함을 지르고 남은 약 다섯 첩을 보자기에
싸들고 첩 집으로 갔다.

불과 닷새만인데 첩은 버선발로 나와 눈물을 글썽이며 노
참봉 품에 안겼다. 한의원의 당부도 깔아뭉개고 첩의 치마

를 올리고 고쟁이를 내렸다. 그 날부터 첩이 달여 오는 약사발은 저울에 단 듯이 항상 약사발 위에서 한 치가 모자란 선에 대보탕이 고였다.

노참봉이 하루는 외출했다가 약 마실 때가 되어 첩 집으로 돌아와 약을 짜는 뒤뜰로 갔더니, 노참봉이 온 줄도 모르고 첩이 하수구에 약을 쏟고 있었다. 너무 많이 쏟았는지 다시 물을 붓는다.

악몽에서 깨어난 듯 정신이 퍼뜩 든 노참봉이 발길을 돌렸다. 그리고 두 번 다시 첩 집에 가지 않았다.

요분질

　　　　　김판서는 만석꾼 부자에다 권세가 하늘을
찌르고 조상대대로 내려오는 골동품들이 모두 값을 매길
수 없는 가보지만, 모든 걸 제쳐 두고 그가 가장 자랑스러
워하는 건 열일곱 살 난 외동아들 면이다.

　면이는 신언서판(身言書判)이 훤했다. 김판서 집에 매파들
이 문지방이 닳도록 들락거렸고 고관대작의 딸들이 줄줄
이 청혼을 해왔다. 그러나 김판서는 죽마고우였던 친구 이
초시와 혼약을 해놓은지라 모든 청혼을 거들떠보지도 않
았다. 그러나 김판서 부인은 달랐다.

"대감, 젊은 시절에 한 혼약을 정말 지킬 셈입니까? 대감
친구는 이미 죽었고 그 집은 몰락해 우리 면이가 그 집 딸
과 혼례를 치른다면 세상의 웃음거리가 될 거요."

그러나 김판서는 흔들리지 않았다.

"부인, 우리의 혼약을 아는 사람은 다 아는데, 친구가 죽
고 집안이 몰락했다고 혼약을 파기하면 그거야말로 웃음
거리요."

"대감, 허나…."

"물러가시오. 부인."

김판서 부인은 안달이 나 면이를 붙잡고 설득시켜보려 했지만 면이 역시 초지일관이었다.

"어머님, 아버님 말씀이 옳습니다."

그해 가을 신부집 마당에서 혼례를 올렸다. 며칠 후 신랑은 신부를 데리고 본가로 신행을 왔다. 이초시의 딸은 박꽃 같은 인물에 아버지 인품을 물려받아 반듯하고 조신했다. 김판서 부인은 눈에 불을 켜고 신부를 노려보며, 입가에 알지 못할 미소를 흘렸다.

본가에서의 첫날밤, 합환주를 마신 면이는 촛불을 끄고 열여섯 신부의 옷고름을 풀었다. 신부 집에서 몇 번 치른 일이라 면이는 능숙하게 겹겹이 입은 신부의 옷을 벗기고 올라가 양물을 옥문 깊숙이 넣었다.

그런데 이게 웬일인가! 신부가 요분질을 하는 게 아닌가. 남자의 흥을 돋우려고 엉덩이를 돌리는 요분질은 색주가의 기녀들이나 하는 짓인데…. 면이는 하늘이 무너지는 충격을 받고 방을 박차고 나왔다. 이튿날 아침, 신부는 쫓겨서 친정으로 돌아갔다.

3년의 세월이 흘렀다. 급제를 한 면이는 장가도 가지 않고 일부러 한양에서 멀리 떨어진 함경도에서 일하며 악몽을 잊으려 애쓰다가 김판서가 아파 누웠다는 소식을 받고 한양으로 돌아왔다. 다행히 김판서의 병환이 가벼워서 문안을 드리고 나와 3년 동안 잠가뒀던 자신의 방으로 들어가 금침을 깔고 누웠다.

"앗! 따가워."

3년 전 신부가 누웠던 요 속에서 나온 바늘이 다섯 개도 넘었다. 문득 뭔가 짚이는 게 있어 침모에게 가서 목에 칼을 들이대자,

"아, 안방마님이 시, 시켜서….”

그 길로 면이는 신부 집으로 달려갔다. 친정으로 쫓겨 와 눈물로 세월을 보내던 신부가 작년에 뒤뜰 감나무에 목을 매 숨졌다는 소식이 들렸고, 통곡하던 면이도 그 감나무에 목을 매 짧은 생을 마감하고 신부 곁으로 갔다.

말이 씨가 되다

　　땀을 뻘뻘 흘리며 아궁이에 장작 넣으랴 주걱으로 가마솥의 조청 저으랴 바쁜 와중에도 추실댁의 머릿속은 선반 위의 엿가락 셈으로 가득 찼다.

　아무리 생각해도 모를 일이다. 그저께 팔다 남은 깨엿 서른세 가락을 분명 선반 위에 얹어 뒀건만 엿기름 내려 한나절 집을 비운 사이 스물다섯가락밖에 남지 않았으니 이건 귀신이 곡할 노릇이다. 방에는 열한 살 난 아들밖에 없고 그 아들은 앉은뱅이라서 손을 뻗쳐 봐야 겨우 문고리밖에 잡을 수 없는데 어떻게 엿가락이 축날 수 있단 말인가.

　추실댁은 박복했다. 시집이라고 와 보니 초가삼간에 산비탈 밭 몇 마지기뿐인 찢어지게 가난한 집안에다 신랑이란 게 골골거리더니 추실댁 뱃속에 씨만 뿌려 두고 이듬해 덜컥 이승을 하직하고 말았다.

　장사를 치르고 이어서 유복자를 낳았다. 유복자 하나만 믿고 악착같이 살아가는데 두 해가 지나고 세 해가 지나도 유복자는 일어설 줄을 몰랐다. 앉은뱅이 유복자 다리를 고치려고 팔도강산 용하다는 의원을 찾아다니며 온갖 약재를 다 써 봤지만 괜한 밭뙈기만 날렸다.

할 수 없이 추실댁은 엿장수를 시작했다. 깨엿을 만들어 소쿠리에 담아 머리에 이고 이집 저집 다니며 엽전도 받고 곡식도 받으며 하루하루 살아왔다.

유복자는 걷지는 못해도 여간 똑똑한 게 아니었다. 여섯 살 때 업어다 서당에 보냈더니 어찌나 총기가 있는지 천자문을 두 달 만에 떼고 사자소학을 석 달 만에 뗐다.

추실댁이 엿장수를 하느라 서당에 못 데려다 주자 집에서 독학한 글공부가 일취월장, 사서를 파기 시작했다. 추실댁은 먹고사는 게 급해 다른 걸 생각할 겨를이 없었다.

엿가락 수가 축난 건 그저께뿐이 아니다. 올여름 들어서 축나기 시작하더니 요즘은 부쩍 잦아졌다.

"나, 장에 갔다 올 테니 집 잘 보고 있거라."

범인을 잡기 위해 추실댁은 삽짝을 나가 골목에서 발길을 돌려 열어 놓은 장지문을 통해 몰래 부엌으로 들어가 문구멍으로 안방의 동태를 살폈다. 그런데 이럴 수가! 앉은뱅이 유복자가 주머니에서 실에 묶인 사슴벌레를 꺼내더니 벽에 붙이자 이놈이 단 냄새를 맡고 엉금엉금 기어올라 엿바구니에서 엿 한가락을 붙잡자 아들 녀석이 실을 잡아당기는 것이 아닌가.

그때 이 방정맞은 어미란 게 '쾅' 문을 열고

"에라, 이 도둑놈아!"

고함치니 깜짝 놀란 아들이 입에 거품을 물고 자지러졌
다. 그날의 충격 이후 얼마 지나지 않아 유복자는 성큼성
큼 걷기 시작했고, 몇 년 후 장안의 대도독이 됐다.

추실댁은 땅을 치며 회한에 울었다. 그때

"에라, 이 도둑놈아"

라고 할 게 아니라

"너 참 머리 좋다. 천문을 깨우칠 재주다."

라고 했어야 했는데….

젊은이에게 속은 처녀

서울에 한 떠돌이 젊은이가 있었는데, 그
행동이 매우 맹랑하고 사람을 잘 속였다. 하루는 멀리 길
을 가다가 한 산촌 마을 앞을 지나려니, 목이 말라 물을 마
시고 싶었다.

그리하여 마을로 들어가 한 길가 집에서 주인을 찾으니,
다른 사람은 없는 듯 나이찬 처녀 하나가 나왔다. 이에 젊
은이는 예쁘고 잘생긴 처녀의 얼굴에 반해 마음속으로 심
한 충동을 느꼈다.

처녀는 시골 집안에서만 갇혀 자란지라, 남녀 음양에 관
한 일을 전혀 알지 못했다. 한데 이 난봉 끼 있는 젊은이는
처녀를 보는 순간, 그 순진한 모습에서 그런 점을 읽을 수
있었다.

이에 그는 목이 말라 들어왔다면서 물 한 그릇을 얻어 마
신 뒤, 슬그머니 수작을 부리기 시작했다.

"낭자의 얼굴을 보니, 안색이 그리 좋지 않습니다. 분명히
어디 아픈 데가 있는 것 같은데요, 혹시 무슨 병이라도 있
습니까?"

"아니요, 저는 아주 건강하고 달리 병 같은 건 없습니다."

처녀는 얼굴을 붉히며 아무 병도 없다고 대답했다. 이에 젊은이는 본격적으로 겁을 주어 두려움을 느끼도록 유도했다.

"아닙니다. 낭자는 크게 느끼지 못하는 듯해도, 내 보기에는 몸속에 큰 병이 있습니다. 내 의원 생활을 오래한 사람이니, 진맥 한번 보는 것이 좋을 것 같구려."

이러면서 처녀의 손목을 잡고 진맥을 하는 척하더니, 짐짓 얼굴을 찡그리면서 이야기했다.

"낭자의 뱃속에는 나쁜 고름이 가득 차 있군요. 이것을 빼내지 않고 그대로 두면, 얼마 지나지 않아 배가 불러져 죽게 될 겁니다."

이 말에 처녀는 크게 놀라면서 청하는 것이었다.

"의원이라고 하시니, 그렇다면 저를 좀 치료해 주십시오."

그러자 젊은이는 처녀를 눕히고 옷끈을 풀어 배를 만지다가, 고름이 아래까지 번졌다고 하면서 점점 밑으로 내려가 음호에 손가락을 넣고 돌리며 흥분시키니, 처녀는 크게 정감이 고조되면서 많은 농액을 쏟았다.

이에 젊은이는 손가락에 묻은 그 액체를 보여 주면서,

"낭자 이것 보세요, 이런 고름이 몸 안에 가득 차 있답니다."

라고 말한 뒤, 본격적으로 치료를 해야겠다면서 자신의 몸을 겹쳐 양근을 삽입하고 일대 향연을 벌였다.

이러는 동안 처녀의 하문에서는 많은 액체가 흘러 나왔고, 젊은이의 액체도 함께 섞여 뿌연 농축액이 그 언저리 가득 고였다.

일을 마친 젊은이는 그 액체를 모아 그릇에 담아서 처녀에게 건네주며 말했다.

"이 고름을 보십시오. 낭자의 몸에 이렇게 많은 고름이 차 있었습니다. 자칫 늦었다간 고치지 못할 뻔했습니다. 이제는 완치되었으니 걱정하지 마십시오."

이렇게 설명한 젊은이는 집을 나서서 유유히 사라졌다.

해가 지고 저녁때가 되어 들에 나갔던 부모가 집에 돌아오니, 처녀는 그 그릇을 가지고 뛰어나와 부친에게 보이면서, 낮에 어떤 의원이 와서 이러저러하게 뱃속의 병을 고쳐 주고 갔다는 얘기를 자세히 하는 것이었다.

이에 부친이 그릇에 담긴 액체를 살펴보면서 냄새를 맡아보니, 그것은 남녀가 잠자리를 함으로써 나온 것임을 알게 되었다.

그러자 화가 난 부친은 몸을 망쳤다고 크게 소리쳐 꾸짖고는, 그릇을 빼앗아 마당에 던져 버렸다.

이 때 마침 이웃에 사는 노파가 그릇을 빌리러 왔다가 그 소리를 듣고 마당에 나동그라진 그릇을 보면서,

"아이고 아까워라. 아무리 화가 나도 그렇지, 미음(米飮)이 무슨 죄라고 다 먹지도 않고 이렇게 버렸나."

라고 하며 사정도 모르는 채 아까워만 하더라.

복순이의 천기예보

어느 날, 이른 아침. 열두 살 복순이는 동네 골목길을 가다가 타작 준비로 부산한 이웃집에 들어가
"아저씨, 오늘 타작 하지 마세요. 비가 올 거예요."
하고 말하였다. 이에 이웃 아저씨는 눈을 왕방울 만하게 뜨고
"이 가뭄에 무슨 비? 그런데 너는 옥황상제 말씀이라도 들었냐?"
하고 그 말을 무시하였다.
그런데 점심시간이 되어 갑자기 먹구름이 몰려오더니 소나기를 퍼붓기 시작한 것이다. 타작하던 마당은 아수라장이 되었다. 나락 이삭이 둥둥 떠내려가 골목길이 나락더미를 이뤘다. 소나기가 그치고 나자 넋을 잃은 아저씨는 주저앉아 벌컥벌컥 막걸리 잔을 비우며 복순이 말을 한 귀로 흘려버린 후회보다 복순이가 어떻게 천기를 귀신처럼 알아맞혔는지 궁금해서 죽을 지경이었다.
그 일이 있은 후 복순이가 날씨를 기가 막히게 맞춘다는

소문이 온 동네에 퍼졌다.

이런 소문을 들은 윗마을 천석꾼 수전노 오첨지 내외가 마주앉아 기발한 궁리를 짜냈는데 찢어지게 가난한 소금장수 외동딸을 복순이를 며느리로 데려오기로 한 것이다. 그들의 꿍꿍이속은 며느리의 천기신통력을 돈을 받고 팔자는 것이다.

이렇게 하여 부자 오첨지네 며느리가 된 복순이는 꾀죄죄한 치마저고리 대신 번쩍이는 비단옷을 입고 금비녀를 꽂았다. 장을 돌며 창과 춤판을 벌여 약을 파는 패거리 두목이 오첨지네 집을 찾아왔다.

"첨지 어른, 며느님께 뭐 좀 여쭤 볼 일이…."

오첨지는 단호하게 말을 막았다.

"공짜는 안 되네. 서른 냥 선불이네."

그런데 그날 저녁 오첨지네 집은 난리가 났다.

비를 흠뻑 뒤집어쓰고 약장수 판이 엉망이 되자 약장수 패거리들이 손해배상을 요구하고 나선 것이다. 날씨예보값 서른 냥과 손해배상액 백 냥을 물어준 오첨지는 화가 머리끝까지 치밀었지만 '한번쯤 못 맞힐 수도 있겠지.' 생각하며 꾹 참았다. 문제는 그 이후로도 복순이의 날씨예보는 계속 빗나갔다.

말할 것도 없이 복순이는 입은 비단옷까지 빼앗기고 오첨지네 집에서 쫓겨났다.

그런데 홀아비 소금장수 친정집으로 온 복순이는 또다시

그날의 날씨를 정확히 맞히기 시작했다.

 소금장수 아버지가 소금장수를 치우고 날씨예보 값을 받아내 살림은 불어나 번듯한 기와집에 복순이는 비단 치마 저고리를 입고 손님을 맞았다. 그럼 복순이의 이런 신통방통한 제주는 어디에서 나오는 것일까? 그 답은 복순이가 입고 있는 치마 속 고쟁이에 있었다. 복순이는 열두 살 때 아버지가 손수 소금자루로 지어준 걸입었는데, 어린 처녀의 예민한 촉감이 소금에 절은 고쟁이에서 감지되었던 것이다. 비가 오려고 하면 소금자루 고쟁이는 눅눅해졌던 것이다.

자라머리를 베다

옛날에 한양에 여색을 좋아하는 벼슬아치와 투기가 심한 부인이 살고 있었다. 그가 기생집에 드나들기를 재미 붙이니, 질투가 심한 그의 처가 이것을 가만히 보고만 있을 리 있겠는가? 항상 그는 아내의 질투를 걱정하던 중 하루는 자라 모가지 하나를 소매 속에 넣고 안방에 들었겠다. 아내가 뒤좇아 들어오며 강짜를 부리자 일부러 화를 내며 고함쳐 말하되

"무릇 사나이의 불러일으키는 것이 모두 이 한 물건 때문이니, 이 한 물건이 아니라면 무슨 걱정이 있으리오."

하고 말한 다음 칼을 꺼내어 그 물건을 베어버리는 척하곤 곧 그 베어진 것을(자라 모가지)뜰에 던져 버렸다.

이에 그 아내가 크게 놀라 남편의 앞으로 다가오더니 허리를 부여잡고 통곡하며 말하되

"내 비록 질투가 심하다 하나 어찌 이 지경까지 이르렀소이까?"

하고 흐느끼는데 때마침 아내의 젖어멈이 뜰로 뛰어나가 던진 물건을 자세히 바라보더니

"아씨는 걱정하지 마세요. 이 물건이 눈이 둘이요, 그 위에 빛깔까지 알록달록하니 제가 장담하건데 양두가 아닙니다요."

하고 떠드니 부인이 크게 웃고 다시는 질투하지 않았다고 한다.

새색시 길들이기

　　　법 없이도 살아갈 착한 선비 오서방이 장가
를 들었다. 그런데 그 부인은 양반 가문에 오백 석 부잣집
의 고명딸이라 언행이 기고만장하여 첫날밤부터 얌전한
오서방을 깔아뭉갰다. 신랑이 신부의 옷고름을 푸는 것이
아니라 신부가 신랑의 바지 끈을 푸는 기가 막힌 일이 일
어난 것이다.

　새색시의 오만방자한 행실은 신부 집 신행을 마치고 오서
방 집에 오는 첫날부터 나타나기 시작했다.

　마당에 첫발을 내디디자마자 지붕을 쳐다보며

"이그, 초가삼간이라더니 이집이 그 집이네."

하고 오서방의 오장육부를 북북 긁어놓더니 방에 들어와
서는 냄새가 난다고 향을 피우라며 소란을 떨었다.

　한평생 남과 말다툼 한번 해본 적 없고 목소리 한번 높여
본 적 없는 오서방은 빙긋이 미소를 머금고 새색시 하자는
대로 해줬다.

　세월이 지나면 낳아지겠지 싶어 오서방은 싫은 소리 한마
디 하지 않았지만 새색시는 도를 더해 가기만 했다.

어느날 참지 못한 오서방이 새색시를 앞혀놓고 타일렀다.

"여보, 우리도 정답게 오순도순 살아 봅시다."

오서방의 발이 끝나기도 전에 새색시는

"오손도손할 거리가 있어야 오순도순하지. 이놈의 집에 시집와 호강은 고사하고 고생이나 안했으면 좋겠구만."

하고 악다구니를 퍼부었다.

하루는 오서방이 장에 갔다 오는데 강 건너 사는 서당 친구를 만나 술 한 잔을 마시고 새색시 구워주려고 돼지고기 한 근을 사서 허리춤에 꿰차고 집으로 돌아오자 새색시가 또 앙탈을 부리며 이고 있던 물동이를 오서방에게 던졌다.

마침내 참다못한 오서방은 새색시의 귀싸대기를 후려치자 새색시는 털썩 주저앉으며 전에 보지 못한 오서방의 행동에 벌어진 입을 다물지 못하였다.

"내 오늘 이놈의 마무라 버르장머리를 고쳐 놓겠다."

하고 오서방은 새색시의 머리채를 잡아끌자 악다구니가 터져 나왔다.

"죽여라, 죽여! 이 병신 같은 놈아!"

오서방이 밧줄로 새색시의 두 팔과 두발을 묶어 대들보에 대롱대롱 메달아도 새색시의 악담은 그칠 줄을 몰랐다.

오서방은 처마 밑에서 화덕을 갖다 놓고 숯불을 피우며 숫돌에 칼을 스윽 스윽 갈았다.

그리고 새색시의 치마를 걷어 올리고 고쟁이를 벌려 드러난 희멀건 엉덩이에 칼등을 대고 살을 베는 척 내리긋고 미리 미리 준비한 물수건을 엉덩이에 철썩 댔다가 떼었다.

"이년 엉덩이 고기 맛있겠네."

앙탈을 부리던 새색시가 사색이 되어

"사, 사, 사람 살려!"

외쳐 보았지만 오서방은 들은 체도 안하고 몰래 허리춤의 돼지고기를 꺼내 석쇠 위에 올려 구웠다. 지글지글 자신의 엉덩이 살(?) 굽는 연기가 피어오르자 새색시는 오줌을 싸면서 깃벌을 하고 말았다.

그 일이 있은 후로 새색시는 고양이 앞에 쥐가 되어 오서방을 하늘같이 모셨다고 한다.

그 아버지에 그 아들

관리 중에 청렴하기로 소문난 정갑손은 관직에 몸을 담아 오면서 어찌나 청렴결백한지 사람들은 그를 대쪽대감이라고 불렀다.

사적으로는 다정다감하고 겸손하며 친절하지만 공적인 일에는 서릿발처럼 엄격하여 인정이 끼어드는 법이 없었다. 부하들에게는 언제나 경계의 끈을 놓지 않았다.

"쌀 한 톨이라도 나라 재산을 축내는 자는 목을 쳐 벌하리라."

어떤 때에는 관속의 뇌물이라 할 것도 없는 곶감을 싸 와도

"네 이놈! 나를 어떻게 보고 이런 짓을 하는 게냐!"

하며 호통을 쳐 돌려보냈다.

정갑손은 조상 대대로 물려받은 초가집에서 정갈하게 살며 평생을 무명 이불에 부들자리를 깔았으며 비단이불 한 번 덮어보지를 않았다.

그 아버지에 그 아들이라고 정갑손의 아들 정오도 어리지만 매사에 반듯하였다.

글도 빼어나 훈장님의 사랑을 독차지하였고 또래 친구들이 사자소학을 공부할 때에 정오는 벌써 사서를 읽기 시작하였다.

효성도 지극하여 서당에 갔다 산길을 걸어오며 산딸기를 따면 아이들은 제 입에 넣기도 바쁜데 정오는 집으로 가져와 아버지께 드렸다.

몇 년 후, 정갑손은 함길도 관찰사에 부임하게 되었고 온 식구들이 그곳으로 이사를 가게 되었다. 정오는 열일곱 헌헌장부가 되어 삼경까지 통달을 하였다.

정갑손이 나라의 부름을 받아 한양에 가서 한 달 간 맡은 일을 공정하게 처리하고 다시 함길도로 돌아와 본즉 결재 서류가 산더미처럼 쌓여 있었다.

정갑손이 밤을 새우며 결재를 하다가 향시 합격자 명단을 보게 되었다.(향시는 지금의 도청급인 관찰부에서 치르는 지방 과거로 합격하면 초시나 생원이 되어 본고사인 한양의 과거에 응시할 수 있는 자격이 부여되었다) 함길도 향시 장원에 정오의 이름이 올라 있었다.

그는 이방을 불러 호통을 쳤다.

"당장 정오의 장원을 취소시키렷다!"

이튿날 아침, 향시출제 채점위원인 시관들이 몰려왔다.

"정오의 학문은 당장 한양 과거에 가도 장원이 틀림없소이다."

"그것은 우리를 모독하는 것이외다."

나이 지긋한 시관들이 항의를 하자 정갑손은 한술 더 떴다.

"정오의 장원을 취소하는게 아니라 향시 합격을 취소하는 겁니다."

시관들은 모두 사표를 던졌지만 정갑손은 흔들리지 않았다.

"내가 관찰사로 있는 한 정오는 합격시킬 수 없소이다."

이튿날 아침, 정오는 밝은 표정으로 아버지 정갑손에게 큰절을 올리고 경상도 그이 외가로 내려갔다.

이듬해 그는 경상도에서 향시 장원을 하고 한양으로 올라가 과거에도 장원을 하여 어사화를 쓰고 말에 올라 함길도로 돌아갔다.

반반합디다의 의미는?

한 가난한 백성이 암말 한 마리를 가지고 있었는데 워낙 가난하여 키우기 곤란한지라 이웃 절간의 중에게 맡겨 키우게 하였다.

그 스님은 워낙 그것에 주리는 중이라 틈만 엿보아 음사를 행하여 나날이 빠지는 날이 없었다.

그러다 스님은 말에게서 비로소 인간의 지상미를 느끼게쯤 되었다.

이 때 한 사미승 아이가 이따금 스승이 하는 것을 보고는 크게 괘씸하게 여길 뿐만 아니라 제기를 하려고 하나 제대로 되지 않아 스승이 멀리 출타한 틈에 쇠붙이를 불에 달구어 말의 음문을 지져버렸다. 스님이 돌아와 또 한 번 그 일을 하려고 하는데 말은 아까 모양으로 다시 불로 지질까봐 껑충 뛰면서 중의 허리를 차버리니 중이 땅에 엎어지면서 웃으며 말하되,

"요년이 내가 잠시 밖에 다녀왔다고 질투하느냐?"

하고 꾸짖으며 다시금 접근하는데 이번에 더 높이 뛰면서 스님의 어깨뼈를 후려쳐서 뼈가 부러졌는데 아직도 정신

을 못 차린 스님이

"요년이 왜 이렇게 사나워졌노?"

하고 자세히 말의 음부를 살펴보니 불로 지진 상처가 너무도 심한지라, 스님이 혀를 빼밀며 끌고 그 주인집에 가서 가만히 나무에 매어 놓고 몰래 돌아오려고 하였겠다. 이때 주인의 아들이 마침 이를 발견하고 그 아비에게

"지금 스님께서 말을 몰고 돌아오셨습니다."

하고 일러바치니 비록 가난한 백성일망정 음식을 장만하여 문밖에 나가 스님을 맞이하려고 할 때 스님은 일이 탄로된 줄 지레 짐작하고 손에 삿갓을 든 체 소매를 벌벌 떨며

"당신네 말의 음문이 본시 반반합디다."

하였다 한다. (반반은 불에 데어서 번들번들해진 형용의 사투리)

벗겨졌으면 윗길이요

　　　　　무릇 사람의 양물이 홀랑 까진 것이 있기도 하고 머리가 감추어진 우멍거지가 있기도 한 것이다. 어느 때 감원 감사가 새로 부임하는데 여러 기생들이 교방에 모여서 지껄이기를

"이번에 부임하는 사또께서 양물이 벗겨졌겠느냐? 아님 우멍거지 겠느냐? 그 어느 쪽인지 알 수가 없구나."

하고 떠들 때 그 중 사또에게 수청 들기로 한 기생이 웃으면서 말하되

"벗고 벗지 아니하였음은 내가 먼저 알 수 있는 게 아니냐?"

이 말을 훔쳐들은 노비가 대답하여 가로되

"탈과 갑을 아는 데는 내가 아니고 누구랴."

하고 나서니 기생들이 손뼉을 치고 말하기를

"망령이로다. 너의 행실이여! 먼저 알 따름이니 후에 또한 어찌 알리오."

이때 관노 한 놈이 나서면서 기생들에게

"내가 만일 그 사실(벗겨지고 우멍거지고)을 먼저 아는 경

우에는 그대들은 어찌하리오!"

하고 말하니 기생들이 말하되

"그렇게만 한다면 우리들이 사또 맞는 잔치에서 그대들에 게 후한 상금을 드리리다."

하니 관노가 기뻐하여 말을 달려 십리 길에 나아가 두 갈림길에 있는 길에 당도하여 새로 부임하는 감사를 기다리다가 감사가 당도함에 감사 앞에 나아가 공손히 인사하고 말하기를

"이 고장 풍습이 있어 예로부터 전해옵니다. 여기 길이 두 갈래로 갈려 있사온 바 사또께서도 이에 당도하여 양물이 벗겨지셨으면 윗길로 가셔야 하옵고 그것이 우멍거지시면 아랫길로 가셔야 하실 줄 압니다. 만일 이를 어기시면 성황신이 대노하여 성황당 안팎의 사령 관노들은 말을 듣지 않고 불충할 지며 뿐만 아니라 온갖 잇속들이 영민치 못하여 멍텅구리가 되어 버립니다. 소인이 미리 아뢰옵기는 다만 일편 충심이오니 사또께옵서 판단하시옵소서."

이 말을 듣고 감사는 어이가 없는 중에 말고삐를 붙잡고 한참 있더니 눈을 지그시 감고 일부러 크게 노하여 소리를 치는데

"그게 대체 무슨 돼먹지 못한 풍속이란 말이냐?"

하고 한번 꾸짖은 다음 그래도 안 됐는지

"윗길로 가는 것이 옳으니라."

하였다. 그리고는 스스로 말 위에서 중얼거리기를

"무릇 사람의 양물은 비록 형제라도 볼 수 없는 것이며 붕우의 사이라도 이를 서로 숨기는 바이나, 이제 저 조그만 관노 놈 까지 아는 바 되었고 이리하여 온 고을이 알게 되었으니 내 이제 이를 속일 길이 없으나 그러나 내 또한 이와 같은 수법으로써 내가 받은 부끄러움을 씻으리라."

하고 벼르더니 부임 이튿날 아침에 영을 내려 가로되

"너희들은 듣거라! 오늘 나를 보러 들어오는 자 마땅히 그것이 벗겨진 자는 섬들위에 오를 지며 우멍거지인 자는 뜰 아래에서 보아야 한다."

이에 그 품계를 따라 혹은 섬돌 위를 밟고 한 발은 뜰아래에 놓았거늘 감사가

"너 웬일이야?"

하고 물으니

"소인의 물건은 불탈불갑이온데 세상에서 이르기를 자라 자지 이옵기에 그 어느 곳을 쫓아야 할지 알지 못하여 이와 같은 형상을 지었습니다."

하고 그 사연을 말하니 감사가 웃으면서

"이제 그만두고 모두 물러 가렸다."

하고 인심 쓰듯 말하더라.

금부처

눈이 펄펄 휘날리는 경상도 안동 땅에 꾀죄죄한 낯선 선비 한사람이 보따리 하나를 안고 나타나 천석꾼 부자 조참봉댁을 찾아갔다.

조참봉에게 공손히 인사를 올린 젊은 선비는 목이 멘 목소리로 하소연을 늘어놓는다.

"소인은 웅천 사는 허정이라 하옵니다. 연로하신 아버님께서 아무 이유도 없이 관가에 끌려가시더니 말도 안 되는 이런저런 죄목을 덮어쓰고 옥에 갇히고 말았습니다. 엄동설한에 옥중에 계신 아버님 생각을 하면…"

효자 선비는 설움에 복받쳐 말을 잇지 못하고 어깨를 들썩이며 닭똥 같은 눈물만 흘렸다.

눈물을 닦은 선비는 하던 말을 이어갔다.

"이방이 찾아와 500냥만 내면 풀어주겠다는 귀띔을 주건만 그 거금을 마련할 길이 없어…"

젊은 선비는 가지고 온 보따리를 풀었다.

높이가 한자쯤 되는 휘황찬란한 금부처가 모습을 드러냈다.

"저의 25대 선조께서 고려 법흥왕으로부터 하사받은 이 금부처는 저희 집의 가보로 가문의 자랑으로 고이 간직하고 있었습니다. 부끄러운 일입니다만 이걸 담보로 500냥만 빌려주시면 정월 그믐까지 이자 100냥을 붙여 꼭 갚겠습니다."

젊은 선비는 조참봉이 선뜩 내놓은 500냥을 안고 눈발 속으로 사려졌다.

그날부터 조참봉은 친구며 이웃 닥치는 대로 불러 금부처를 자랑하는 게 하루 일이 외었다.

"그 가난한 선비가 두 달 만에 무슨 수로 600냥을 구할까? 이 금부처는 모르긴 몰라도 9할은 자네 것이 되었네."

금부처를 보고 감탄한 친구의 말에 조참봉은 껄껄 웃었다.

어느 날 서당에서 돌아온 손자 녀석이 조참봉의 간을 떨어뜨렸다.

"할아버지, 고려왕조에서는 법흥왕이 없습니다. 그리고 이 금부처는 순금덩어리가 아니고 납덩어리로 도금한 거예요. 이걸 보세요."

조참봉은 집사를 웅천 땅으로 보내 허정을 찾아 데려오라 했지만 헛걸음이 되었다.

사기꾼이 자기 사는 곳을 곧이곧대로 얘기했을 리 만무하다. 조참봉은 식음을 전폐하고 드러눕게 되었다. 손자 녀석이 들어와서 한다는 말이

"할아버지, 걱정하실 거 없어요. 금부처가 가짜라는 것을 입 밖에 내지 마세요."

새벽녘에 손자 녀석이 밧줄로 제 할아버지를 포박하고 자신도 포박한 후 조참봉이 고래고래 고함을 질렀다. 하인들이 몰려왔다.

"네 이놈들, 간밤에 도둑이 들어온 것도 모르느냐?"

안동 부자 조참봉이 담보로 잡아둔 금부처를 도둑맞았다는 소문은 꼬리에 꼬리를 물고 천리만리 퍼져나갔다.

한몫 잡아 풍기에서 첩살림을 차려놓고 빈들거리던 사기꾼 귀에도 그 소문이 들어갔다. '잡고 있던 담보 물건을 잃어버렸다. 이건 부르는 게 값이렷다! 5천 냥, 아니야 만 냥은 받아내야지.'

사기꾼은 600냥을 만들어 정월 그믐이 되기도 전에 안동 땅으로 조참봉을 찾아갔다. 소문대로 조참봉은 드러누워 있었다.

"여기 이자 100냥을 붙여서 600냥 가지고 왔습니다. 제 금부처를 돌려주시지요."

조참봉이 다 죽어가는 소리로

"이 일을 어떡하면 좋겠습니까. 그만 도둑을 맞고 말았습니다."

젊은 선비가 방방 뛰었다.

"뭐라구? 당장 사또 앞으로 가자구!"

조참종이 일어나

"여봐라! 이 선비가 사또 앞으로 가자신다. 그 가짜 금부처를 갖고 오너라."

하인들이 몰려와 사기꾼을 포박했다.

계란 위에 계란 세우는 법

옛날에 한 이름 있는 재상이 있었는데 임금의 잘못을 강력히 주장하다가 심기가 거슬러서 멀리 떨어진 섬으로 귀양을 가게 되었다. 재상이 떠나는 날 부인이 따라 나오며 소매를 붙잡고 울부짖는 것이었다.

"여보, 영감. 지금 이렇게 가시면 언제쯤 풀려나 돌아올 수 있겠는지요? 얼마나 많이 기다려야 합니까?"

"부인! 울지 말구려. 내 돌아올 날은 기다리지 않을 것이 좋을 거요. 계란 위에 계란이 세워진다면 돌아올 일이 있을라나."

"영감! 계란 위에 계란을 어떻게 세워요?"

부인은 그 자리에 주저앉아 울었고, 재상을 그렇게 떠났다.

그 뒤로 부인은 날마다 상 위에 계란 두 개를 올려놓고 공손히 절을 하면서

'제발 계란위에 계란이 올라서게 해주십시오.'

라고 빈 다음 그 앞에 꿇어 앉아 조심스럽게 계란을 세워보는 것이었다. 그러나 계란은 번번이 옆으로 미끄러져 떨

어졌다.

부인은 이렇게 하루도 쉬지 않고 밤낮으로 해보았지만 한 번도 계란을 세우지 못하였다. 그렇게 일 년 이 년이 지나니, 부인은 외딴곳에서 고생하는 남편이 너무 걱정되어 가슴이 아파 울면서 애걸하듯 매달렸지만 계란은 무정하기만 했다.

이 때 임금이 밤에 종종 미복을 하고 거리를 돌며 불 켜진 창문 아래에서 여론을 청취하곤 했는데 마침 재상 부인이 계란 위에 계란을 세우려 애쓰면서 통고하는 소리를 듣게 되었다. 한데 그 모습이 너무나 가엾고 통곡 소리 또한 너무 슬프게 들렸다.

이튿날 아침, 임금은 내시를 시켜 그 부인 집을 찾아가 무슨 곡절인지 알아보라고 했다. 이에 돌아온 내시는 부인에게서 들은 이야기를 그대로 아뢰었다.

"남편 재상이 귀양을 가면서 계란 위에 계란이 세워지면 돌아올 수 있을 것이라고 하여, 부인이 계란을 세워 보겠다고 몇 년 동안 저렇게 애쓰는 것이라 하였사옵니다."

"계란 위에 계란 이라⋯. 그 부인의 성성이 가상하구나."

임금은 부인의 정성에 감탄하여 그 남편을 석방시켜 주었다. 이에 서울로 돌아온 재상은 먼저 임금 앞에 엎드려 성은에 감사드리는 인사를 올렸다.

"전하! 신의 죄를 사하여 주시니 성은이 망극하옵나이다."

"음, 한데 경이 이렇게 풀려나게 된 연유를 알고 있는가?"

"전하! 신 그저 성은에 감사드리옵고 망극할 따름이옵나이다."

"아니라네, 그건 계란 위에 계란을 올려 세웠기 때문이라네."

그러나 재상은 그것이 무엇을 뜻하는지 알지 못하고 그저 '성은이 망극하옵니다' 라는 말만 연속으로 아뢰면서 눈물을 줄줄 흘리더라.

▣ **김영균작가 대표저서**▣

□ 한국의 핵심민담
□ 한국의 핵심속담
□ 소화 고금소총
□ 한국의 전설 해학 야사 기담 전서
□ (소설보다 흥미진진한) 이조500년 야담야사

소화
고금소총

2022년 01월 5일 2쇄 인쇄
2022년 01월 10일 2쇄 발행

편 저 김영균
발행인 김현호
발행처 법문북스(일문판)
공급처 법률미디어

주소 서울 구로구 경인로 54길4(구로동 636-62)
전화 02)2636-2911~2, 팩스 02)2636-3012
홈페이지 www.lawb.co.kr

등록일자 1979년 8월 27일
등록번호 제5-22호

ISBN 978-89-7535-880-7 (05810)

정가 18,000원

이 도서의 국립중앙도서관 출판예정도서목록(CIP)은 서지정보유통지원시스템 홈페이지(http://seoji.nl.go.kr)와 국가
자료종합목록 구축시스템(http://kolis-net.nl.go.kr)에서 이용하실 수 있습니다. (CIP제어번호 : CIP2020036580)